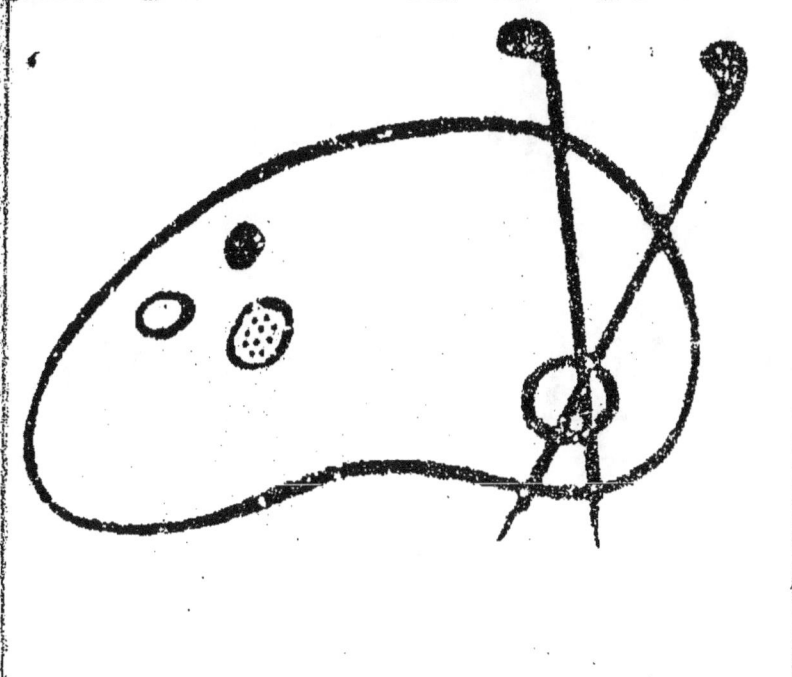

Début d'une série de documents
en couleur

COLLECTION MICHEL LÉVY
— 1 franc 25 cent. le Volume —
PAR LA POSTE, 1 FR. 50 CENT.

XAVIER DE MAISTRE

VOYAGE

AUTOUR

DE MA CHAMBRE

NOUVELLE ÉDITION

PARIS

CALMANN LÉVY, ÉDITEUR
ANCIENNE MAISON MICHEL LÉVY FRÈRES
RUE AUBER, 3, ET BOULEVARD DES ITALIENS, 15
A LA LIBRAIRIE NOUVELLE

Boulogne (Seine). — Imprimerie JULES BOYER

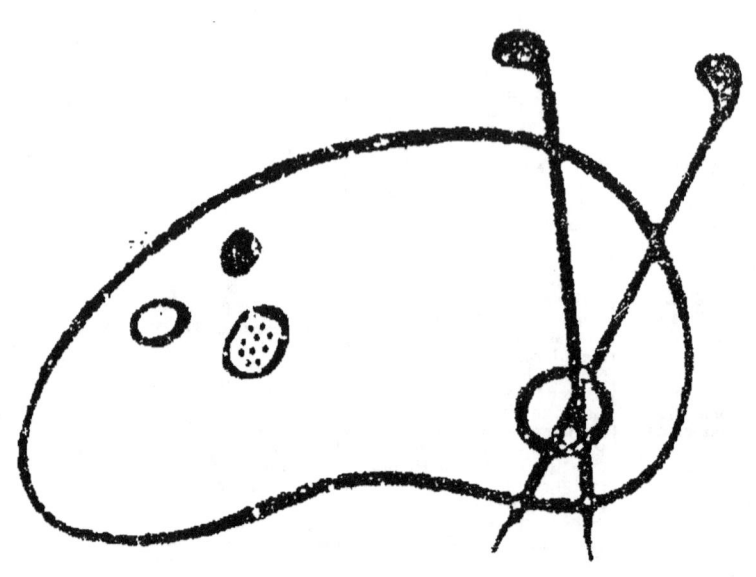

Fin d'une série de documents
en couleur

VOYAGE

AUTOUR

DE MA CHAMBRE

VOYAGE

AUTOUR

DE MA CHAMBRE

PAR

XAVIER DE MAISTRE

PRÉCÉDÉ D'UNE ÉTUDE SUR L'AUTEUR

PAR

C.-A. SAINTE-BEUVE

NOUVELLE ÉDITION

C·L

PARIS

CALMANN LÉVY, ÉDITEUR

ANCIENNE MAISON MICHEL LÉVY FRÈRES

RUE AUBER, 3, ET BOULEVARD DES ITALIENS, 15

A LA LIBRAIRIE NOUVELLE

1877

LE COMTE

XAVIER DE MAISTRE [1]

1839

Nous avons eu occasion déjà, dans cette série d'écrivains français, d'en introduire plus d'un qui n'était pas né en France, et d'étonner ainsi le lecteur par notre louange prolongée autour de quelque nom nouveau. Celui-ci, du moins, est bien connu de tous, et il n'y a pas besoin

1. Cette étude a précédé en date mes articles sur le comte Joseph (*Portraits littéraires*, tome II); je m'étais dès longtemps occupé de ce dernier, mais avant de l'aborder décidément, je reculais toujours. En face d'un tel athlète quelque crainte était bien permise sans trop de déshonneur. Ici je m'étais pris au nom de son aimable frère par manière de prélude et comme à de faciles et gracieuses prémices d'un sujet plus sévère.

de précaution pour l'aborder. Le comte Xavier de Maistre n'était jamais venu à Paris avant cet hiver ; il n'avait qu'à peine traversé autrefois un petit angle de la France, lorsque, vers 1825, il revenait de Russie dans sa patrie, en Savoie, et se rendait de Strasbourg à Genève, par Besançon. Ayant passé depuis lors de longues années à Naples, sur cette terre de soleil et d'oubli, il ne s'était pas douté qu'il devenait, durant ce temps-là, ici, un de nos auteurs les plus connus et les mieux aimés. A son arrivée dans sa vraie patrie littéraire, sa surprise fut grande, comme sa reconnaissance : il s'était cru étranger, et chacun lui parlait de la Sibérienne, du Lépreux, des mêmes vieux amis.

Sans doute (et c'est lui plaire que de le dire), la renommée de son illustre frère est pour beaucoup dans cette espèce de popularité charmante qui s'en détache avec tant de contraste. Les paradoxes éloquents, la verve étincelante et les magnifiques anathèmes de son glorieux aîné

ont provoqué autour de cette haute figure une
foule d'admirateurs ou de contradicteurs, une
espèce d'émeute passionnée, émerveillée ou
révoltée, une quantité de regards enfin, dont a
profité tout à côté, sans le savoir, la douce étoile
modeste qui les reposait des rayons caniculaires
de l'astre parfois offensant. Quelle que fût l'iné-
galité des deux lumières, l'apparence en était
si peu la même, que la plus forte n'a pas éteint
l'autre, et n'a servi bien plutôt qu'à la faire
ressortir. Heureuse et pieuse destinée! la vocation littéraire du comte Xavier est tout entière
soumise à l'ascendant du comte Joseph. Il écrit
par hasard, il lui communique, il lui abandonne
son manuscrit, il lui laisse le soin d'en faire ce
qu'il jugera à propos ; il se soumet d'avance, et
les yeux fermés, à sa décision, à ses censures,
et il se trouve un matin avoir acquis, à côté de
son frère, une humble gloire tout à fait dis-
tincte, qui rejaillit à son tour sur celle même
du grand aîné, et qui semble (ô récompense!)

en atténuer par un coin l'éclatante rigueur, en lui communiquant quelque chose de son charme. Ç'a toujours été un rôle embarrassant que d'arriver le cadet d'un grand écrivain et de tout homme célèbre ou simplement à la mode, qui vous prime, qu'on soit un vicomte de Mirabeau, un Ségur *sans cérémonies* [1], ou Quintus Cicéron, ou le second des Corneille. Pour trancher la difficulté, l'esprit seul ne suffit pas toujours; le plus simple est que le cœur s'en mêle. Frédéric Cuvier mourant, il y a près d'un an, a demandé qu'on inscrivît pour toute épitaphe, sur la pierre de son tombeau : *Frédéric Cuvier, frère de George.* Le comte Xavier dirait volontiers ainsi dans sa filiale piété fraternelle. Mais, pour lui, il ne s'est jamais posé le rôle, il ne s'est jamais dit que c'était embarrassant; il a senti que c'était doux, près de soi, d'avoir un

1. Le vicomte de Ségur, pour se distinguer de son frère lorsque celui-ci fut devenu maître des cérémonies sous Napoléon, et pour s'en railler un peu, écrivait volontiers chez ses amis : *Ségur sans cérémonies.*

haut abri dans ses pensées; et cependant il s'en est tiré mieux que tous les cadets de grands hommes en littérature : il a trouvé sa place par le naïf, le sensible et le charmant[1].

Quelque part, à bon droit, qu'on fasse à la vocation singulière et déclarée des talents, ce n'est pas sans une certaine préparation générale et une certaine prédisposition du terroir natal lui-même, qu'à titre d'écrivains français si éminents, on a pu voir sortir de Genève Jean-Jacques, Benjamin Constant de Lausanne, et les de Maistre de Savoie, ceux-ci surtout, qui n'en sont sortis que pour aller vivre tout autre part qu'en France. La Savoie, en effet, appartient étroitement et par ses anciennes origines à la culture littéraire française ; laissée de côté et

---

1. Le plus ancien de ces pieux cadets dont nous parlons est assurément Ménélas, le bon Ménélas, duquel Agamemnon disait : « Par moments il s'arrête et ne veut pas agir, non qu'il cède à la paresse ou à l'imprudence, *mais il me regarde et il attend :* »

Αλλ' ἐμέ τ' εἰσορόων καὶ ἐμὴν ποτιδέγμένος ὁρμήν

(*Iliade*, X, 123)

comme oubliée sur la lisière, elle est de même formation. Sans remonter jusqu'au moyen âge, jusqu'à l'époque chevaleresque où fleurissait bien brillamment, sous une suite de vaillants comtes, la tige de l'antique maison souveraine de ce pays, mais où, sauf plus ample information, la trace littéraire est moins évidente ; sans se reporter tout à fait jusqu'au temps du bon Froissart, qui se louait très-fort pourtant de leur munificence :

> Amé, le comte de Savoie [1],
>
> . . . .
>
> Une bonne cote hardie
> Me donna de vingt florins d'or ;
> Il m'en souvient moult bien encor ;

en s'en tenant aux âges plus rapprochés et après que le français proprement dit se fut entièrement dégagé du roman, dès l'aurore du XVIe siècle, on trouve quelques points saillants : dans les premiers livres français imprimés (mystères, romans de chevalerie ou autres),

1. En 1368, Amé ou Amédée VI.

un bon nombre le fut à Chambéry; on rencontre archevêque à Turin Claude de Seyssel, l'historien de Louis XII et l'infatigable traducteur : il était né à Aix en Savoie. Procédant d'Amyot en style bien plus que Seyssel, le délicieux écrivain François de Sales, né au château de son nom, résidait à Annecy; avec son ami le président Antoine Favre, jurisconsulte célèbre et père de l'académicien Vaugelas, il fondait, trente ans juste avant l'Académie française, une académie dite *Florimontane*, où la théologie, les sciences et aussi les lettres étaient représentées : leur voisin Honoré d'Urfé en faisait partie[1]. On avait pris pour riant emblème, et sans doute d'après le choix de l'aimable saint (car cela lui ressemble), un oranger portant fruits et fleurs, avec cette devise : *Flores fructusque perennes*. Mais le vent des Alpes souffla; l'oranger fleurit peu et bientôt mourut. Pourtant cette seule pensée

1. *Essai sur l'universalité de la langue française*, par M. Allou.

indique tout un fonds préexistant de culture.
Vaugelas, le premier de nos grammairiens
corrects et polis, était venu de Savoie en
France; Saint-Réal en était et y retourna, écrivain concis, et, pour quelques traits profonds,
précurseur de Montesquieu. Il n'y eut jamais
interruption bien longue dans cette suite littéraire notable; et Ducis se vantait tout haut à
Versailles de son sang allobroge, quand déjà,
de par delà les monts, la voix de Joseph de
Maistre allait éclater [1].

En ce qui est du comte Xavier, le naturel
décida tout; le travail du style fut pour lui peu
de chose; il avait lu nos bons auteurs, mais il
ne songea guère aux difficultés de la situation
d'écrivain à l'étranger. Il se trouva un conteur
gracieux, délicat et touchant, sans y avoir visé;
il sut garder et cultiver discrètement sous tous

---

1. Parmi les auteurs français nés en Savoie, il faut compter
aussi M. Michaud, l'auteur des *Croisades* et du *Printemps
d'un proscrit.*

les cieux sa bouture d'olivier ou d'oranger, sans croire que ce fût un arbuste si rare.

Heureux homme, et à envier, dont l'arbuste attique a fleuri, sans avoir besoin en aucun temps de l'engrais des boues de Lutèce! Loin de nous, en Savoie, en Russie, au ciel de Naples, il semblait s'être conservé exprès pour nous venir offrir, dans sa trop courte visite, à l'âge de près de soixante-seize ans, l'homme le plus moralement semblable à ses ouvrages qui se puisse voir, le seul de nos jours peut-être tout à fait semblable et fidèle par l'âme à son passé, naïf, étonné, doucement malin et souriant, bon surtout, reconnaissant et sensible jusqu'aux larmes comme dans la première fraîcheur, un auteur enfin qui ressemble d'autant plus à son livre qu'il n'a jamais songé à être un auteur.

Il est né à Chambéry, en octobre 1763, d'une très-noble famille et nombreuse; il avait plusieurs frères, outre celui que nous connaissons.

1.

Tandis que le comte Joseph, dans de fortes
études qui semblaient tenir tout d'une pièce à
l'époque d'Antoine Favre et du XVIe siècle, sui-
vait en magistrat gentilhomme la carrière par-
lementaire et sénatoriale, le comte Xavier entra
au service militaire; sa jeunesse se passa un
peu au hasard dans diverses garnisons du Piémont. Les goûts littéraires dominaient-ils en
lui et remplissaient-ils tous ses loisirs? — « Je
dois à la vérité d'avouer, répondait-il un jour
en souriant à quelques-unes de mes questions
d'*origines*, que dans cet espace de temps j'ai
fait consciencieusement la vie de garnison sans
songer à écrire et assez rarement à lire; il est
probable que vous n'auriez jamais entendu
parler de moi sans la circonstance indiquée dans
mon *Voyage autour de ma chambre*, et qui
me fit garder les arrêts pendant quelque
temps [1]. » Avant ce voyage ingénieux, il en
avait fait un autre plus hardi et moins enfermé,

1. Au chapitre III, où il donne la *logique* du duel.

un voyage aéronautique; il partit d'une campagne près de Chambéry, en ballon, et alla s'abattre à deux ou trois lieues de là. Des arrêts pour un duel, un voyage à la Montgolfier, voilà de grandes vivacités de jeunesse. Il avait vingt-six ou vingt-sept ans, et était officier au régiment de marine en garnison à Alexandrie, lorsqu'il écrivit le *Voyage autour de ma chambre*; quelques allusions pourtant se rapportent à une date postérieure; il le garda quelques années dans son tiroir et y ajoutait un chapitre de temps en temps. Dans une visite qu'il fit à son frère Joseph, à Lausanne, vers 93 ou 94, il lui porta le manuscrit : « Mon frère, dit-il, était mon parrain et mon protecteur; il me loua de la nouvelle occupation que je m'étais donnée et garda le brouillon, qu'il mit en ordre après mon départ. J'en reçus bientôt un exemplaire imprimé[1], et j'eus la

1. Édition de Turin, 1794. — Il y eut une édition à Paris en 1796; on rend compte très-favorablement du livre dans le *Journal de Paris* du 23 mai 1796.

surprise qu'éprouverait un père en revoyant
adulte un enfant laissé en nourrice. J'en fus
très-satisfait; et je commençai aussitôt l'*Expédition nocturne;* mais mon frère, à qui je fis
part de mon dessein, m'en détourna : il m'écrivit que je détruirais tout le prix que pouvait
avoir cette bluette, en la continuant; il me
parla d'un proverbe espagnol qui dit que toutes
les secondes parties sont mauvaises, et me con-
seilla de chercher quelque autre sujet : je n'y
pensai plus. »

En relisant cet agréable *Voyage*, on apprend
à en connaître l'auteur mieux que s'il se con-
fessait à nous directement : c'est une manière
de confession d'ailleurs, sous air de demi-
raillerie. Une douce *humeur* y domine, moins
marquée que dans Sterne, que plusieurs chapitres rappellent toutefois[1]; mais j'y verrais

---

1. Le chapitre XIX, où tombe cette larme de repentir, pour
avoir brusqué *Joannetti*, et le chapitre XXVIII, où tombe une
autre larme, pour avoir brusqué le pauvre Jacques, sont tout
à fait dans la manière de Sterne.

plutôt en général la grâce souriante et sensible de Charles Lamb. On surprend les lectures, les goûts du jeune officier, son âme candide, naturelle, mobile, ouverte à un rayon du matin, quelques rimes légères (nous en citerons plus tard), quelque pastel non moins léger, sa passion de *peindre* et même au besoin de disserter là-dessus : « C'est le *dada* de mon oncle Tobie, » se dit-il. Dante peignait déjà comme on le pouvait faire en son temps; André Chénier peignait aussi : quoi de plus naturel qu'on tienne les deux pinceaux? M. de Maistre a beaucoup plus peut-être réfléchi et raisonné sur celui des deux arts auquel il ne doit pas sa gloire : il manie l'autre sans tant d'étude et d'analyse des couleurs. Mais même pour la peinture, et malgré l'air de dissertation dont il se pique au chapitre XXIV du *Voyage*, ç'a été surtout un moyen pour lui de fixer en tout temps des traits chéris, un site heureux, une vallée alpestre, quelque moulin égayant l'horizon, quelque chemin tournant

près de Naples, le banc de pierre où il s'est
assis, où il ne s'assoira plus, toute réminiscence
aimable enfin des lieux divers qui lui furent
une patrie.

La douce malice du *Voyage* se répand et
se suit dans toutes les distractions de *l'autre*,
comme il appelle *la bête* par opposition à *l'âme*;
l'observation du moraliste, sous air d'étonnement et de découverte, s'y produit en une foule
de traits que la naïveté du tour ne fait qu'ai-
guiser. Qu'on se rappelle ce portrait de madame Hautcastel (chap. xv), qui, comme tous les
portraits, et peut-être, hélas! comme tous les
modèles, sourit à la fois à chacun de ceux qui
regardent et a l'air de ne sourire qu'à un seul :
pauvre amant qui se croit uniquement regardé!
Et cette rose sèche (chap. xxxv), cherchée,
cueillie autrefois si fraîche dans la serre un jour
de carnaval, avec tant d'émotion, offerte à madame Hautcastel à l'heure du bal, et qu'elle ne
regarde même pas! car il est tard, la toilette

s'achève; elle est aux dernières épingles; il faut qu'on lui tienne un second miroir : « Je tins quelque temps un second miroir derrière elle, pour lui faire mieux juger de sa parure; et, sa physionomie se répétant d'un miroir à l'autre, je vis alors une perspective de coquettes, dont aucune ne faisait attention à moi. Enfin, l'avouerai-je? nous faisions, ma rose et moi, une fort triste figure... Au moment où la parure commence, l'amant n'est plus qu'un mari, et le bal seul devient l'amant. »

Dans ce charmant chapitre, je relèverai une des taches si rares du gracieux opuscule : redoublant sa dernière pensée, l'auteur ajoute que, si l'on vous voit au bal ce soir-là avec plaisir, c'est parce que vous faites partie du bal même, et que vous êtes par conséquent une fraction de la nouvelle conquête : vous êtes une *décimale* d'amant. Cette *décimale*, on en conviendra, est maniérée; il y a très-peu de ces fautes de goût chez M. Xavier de Maistre; son frère, dans sa manière supérieure, s'en permet souvent, et laisse sentir la recherche. Lui, d'ordinaire, il est la simplicité même. Ce qui le distingue entre les étrangers écrivant en français et non venus à Paris, c'est précisément le goût simple. Par là il ressemble à madame de Charrière : on n'en avait pas d'exemple jusqu'à eux. Hamilton, tout Irlandais qu'il était, avait du moins passé sa jeunesse à la cour de France, ou, ce qui revient presque au même, à celle de Charles II.

Et qu'on ne s'étonne pas si j'allie ainsi l'idée de la simplicité du goût avec celle du centre le plus raffiné. C'est un fait ; M. Xavier de Maistre l'a lui-même remarqué à propos de sa jeune Sibérienne : « L'étude approfondie du monde, dit-il, ramène toujours ceux qui l'ont faite avec fruit à paraître simples et sans prétentions, en sorte que l'on travaille quelquefois longtemps pour arriver au point par où l'on devrait commencer. » Ainsi Hamilton est aisé et simple de goût, comme l'est Voltaire. Le comte Xavier s'en est plutôt tenu, lui, à cette simplicité par où l'on commence, tout en comprenant celle par où l'on finit [1].

Revenons au *Voyage* : les divorces, querelles et raccommodements de l'âme et de *l'autre* fournissent à l'aimable *humoriste* une quantité de réflexions philosophiques aussi fines et aussi profondes [2] que le fauteuil psychologique en a

---

1. Les légères fautes d'incorrection sont presque aussi rares chez M. de Maistre que celles du goût. J'en note, pour acquit de conscience, quelques petites, sans être très-sûr moi-même de ne pas me tromper. Ainsi, par exemple, quand il nettoie machinalement le portrait, et que son âme, durant ce temps, s'envole au soleil, tout d'un coup elle en est rappelée par la vue de ces cheveux blonds : « Mon âme, *depuis* le soleil où elle s'était transportée, sentit un léger frissonnement de plaisir;... » *en imposer* pour *imposer; sortir* de sa poche un paquet de papier... Mais c'est assez : je tombais l'autre jour sur une épigramme du spirituel poëte épicurien Lainez, compatriote du gai Froissart et contemporain de Chapelle, qu'il égalait au moins en saillies; il se réveille un matin en se disant :

> Je sens que je deviens puriste;
> Je plante au cordeau chaque mot;
> Je suis les Dangeaux à la piste;
> Je pourrais bien n'être qu'un sot.

2. Voyez chapitre x.

jamais pu inspirer dans tout son méthodique
appareil aux analyseurs de profession. L'élévation et la sensibilité s'y joignent bientôt et y
mêlent un sérieux attendri : qu'on relise le
touchant chapitre xxi sur la mort d'un ami et
sur la certitude de l'immortalité. « Depuis longtemps, dit-il en continuant, le chapitre que je
viens d'écrire se présentait sous ma plume, et
je l'avais toujours rejeté. Je m'étais promis de
ne laisser voir dans ce livre que la face riante
de mon âme; mais ce projet m'a échappé
comme tant d'autres. » Chez M. de Maistre, en
effet, la mélancolie n'est pas en dehors, elle ne
fait par moments que se trahir. Né au cœur d'un
pays austère, il n'en eut visiblement aucun reflet
nuageux; on ne pourrait dire de lui ce que M. de
Lamartine a dit de M. de Vignet dans une des
pièces du dernier recueil, dans celle peut-être
où l'on reconnaît encore le plus sûrement l'oiseau du ciel à bien des notes, et où l'on aime à re-
trouver l'écho le moins altéré des anciens jours:

Il était né dans des jours sombres,
Dans une vallée au couchant,
Où la montagne aux grandes ombres
Verse la nuit en se penchant.

Les pins sonores de Savoie
Avaient secoué sur son front
Leur murmure, sa triste joie,
Et les ténèbres de leur tronc.

. . . .

Des lacs déserts de sa patrie
Son pas distrait cherchait les bords,
Et sa plaintive rêverie
Trouvait sa voix dans leurs accords.

Chez le comte Xavier, cela se voit moins et seulement se devine. Sa bonhomie cache sa sensibilité et un fonds sérieux et mélancolique. En général, ses qualités sont voilées et à demi dérobées par cette bonhomie et modestie. On pourrait être longtemps avec lui dans un salon sans s'en douter; il prend peu de part aux questions générales, et ne se met en avant sur rien; il aime les conversations à deux : on croit sentir qu'il a longtemps joui d'un cher oracle, et qu'il a longtemps écouté. L'esprit français se retrouve sous son léger accent de Savoie et s'en pénètre agréablement : « L'accent du pays où l'on est né, a dit La Rochefoucauld, demeure dans l'esprit et dans le cœur, comme dans le langage. » La pensée semble parfois plus savoureuse sous cet accent, comme le pain des montagnes sous son goût de sel ou de noix.

Lorsque la Savoie fut réunie à la France, le comte Xavier, qui servait en Piémont, crut devoir renóncer à la patrie, dont une moitié, dit-il, l'avait elle-même abandonné. Nos guerres en Italie l'en chassèrent. Il émigra en Russie, n'emportant qu'un très-léger bagage littéraire, les premiers chapitres de l'*Expédition nocturne* peut-être, mais non pas assurément *la Prisonnière de Pignerol*, ni même *le Poëme en vingt-quatre chants*, dont il est question au chapitre XI de l'*Expédition*, car il n'avait rien écrit de tel et n'en parlait que par plaisanterie. Arrivé dans le Nord, sa première idée fut qu'il n'avait pour ressources que son pinceau, et, comme tant d'honorables émigrés, il se préparait à en vivre ; mais la fortune changea : il put garder l'épée, et, au service de la Russie, il parvint graduellement au rang de général. Sa destinée avec son cœur acheva de s'y fixer, lorsqu'il eut épousé une personne douée selon l'âme et portant au front le grand type de beauté slave ; il avait trouvé le bonheur.

Vingt ans s'étaient passés depuis qu'il avait écrit le *Voyage autour de ma chambre* ; un jour, en 1810, à Saint-Pétersbourg, dans une réunion où se trouvait aussi son frère, la conversation tomba sur la lèpre des Hébreux ; quelqu'un dit que cette maladie n'existait plus ; ce fut une occasion pour le comte Xavier de parler du lépreux de la Cité d'Aoste qu'il avait connu. Il le fit avec assez de chaleur pour intéresser ses auditeurs et pour s'intéresser lui-même à cette histoire, dont il n'avait jusque-là rien dit à personne. La pensée lui vint de l'écrire ; son frère l'y encouragea et approuva le premier essai qui lui en fut montré, conseillant seulement de le raccourcir. Ce fut son frère encore qui prit soin de le faire imprimer à Saint-Pétersbourg (1811), en y joignant le *Voyage;* mais *Lépreux* et *Voyage* ne furent guère connus en France avant 1817, ou même plus tard.

L'histoire du *Lépreux* est donc véritable, comme l'est celle de *la Jeune Sibérienne,* que l'auteur avait apprise en partie d'elle-même, et comme le sont et l'auraient été en général tous les récits du comte Xavier, s'il les avait multipliés. Je lui ai entendu raconter ainsi la touchante histoire d'un officier français émigré, vivant à l'île de Wight, qu'il n'a pas écrite encore. S'il appartient à la France par le langage, on peut dire qu'il tient déjà à l'Italie par la manière de conter. Tout est *de vrai* chez lui; rien du roman; il copie avec une exacte ressemblance la réalité dans l'anecdote. L'idéal est dans le choix, dans la délicatesse du trait et dans un certain ton humain et pieux qui s'y répand doucement. En France, nous avons très-peu de tels *conteurs* et auteurs de *nouvelles* proprement dites, sans romanesque et sans fantaisie. On ne s'attend guère à ce que je compare M. Xavier de Maistre à M. Mérimée : ce sont les deux plus parfaits pourtant que nous ayons, les deux plus habiles, l'un à copier le vrai, l'autre à le figurer. L'auteur du *Lépreux*, de *la Jeune Sibérienne* et des *Prisonniers du Caucase* a, sans doute, bien moins de couleur, de relief et de burin, bien moins d'art, en un mot, que l'auteur de *la Prise d'une redoute* ou de *Matteo Falcone*, mais il est également parfait en son genre, il a surtout du naïf et de l'humain.

Ce pauvre lépreux, avant d'être à la Cité d'Aoste, vivait à Oneille. Quand les Français, après avoir pris la Savoie et le comté de Nice, firent une incursion jusqu'à Oneille où était ce malheureux, il s'effraya, il se crut menacé; il eut la prétention d'émigrer comme les autres. Un jour il arriva à pied devant Turin; la sentinelle l'arrêta à la porte, et, sur la vue de son visage on le fit conduire entre deux fusiliers chez le gouverneur, qui l'envoya à l'hôpital; de là on prit le parti de le diriger sur la Cité d'Aoste, où il résida par ordre. M. de Maistre l'y voyait souvent. Le bonhomme lépreux avait, comme on peut croire, un cercle assez peu étendu d'idées; en lui donnant toutes celles qui dérivaient de sa situation même, l'historien n'a pas voulu lui en prêter un trop grand nombre. Son habitation était parfaitement solitaire : un jeune officier (celui de Madame Hautcastel peut-être) donnait volontiers alors, à la dame qu'il aimait, des rendez-vous dans ce jardin qui cachait des roses; ils étaient sûrs de n'y pas être troublés. Deux amants se ménageant des rencontres de bonheur à l'ombre de cette redoutable charmille du lépreux, n'est-ce pas touchant? L'extrême félicité à peine séparée par une feuille tremblante de l'extrême désespoir, n'est-ce pas la vie?

On relit *le Lépreux*, on ne l'analyse pas; on verse une larme, on ne raisonne pas dessus. Tout le monde pourtant n'a pas pensé ainsi : on a essayé de refaire *le Lépreux*. Le comte Xavier était si peu connu en France, même après cette publication, qu'on l'attribua à son frère Joseph, et, comme celui-ci était venu à mourir, une dame d'esprit se crut libre carrière pour retoucher l'opuscule à sa guise. J'ai sous les yeux *le Lépreux de la cité d'Aoste, par M. Joseph de Maistre, nouvelle édition, revue, corrigée et augmentée par madame O. C.*[1]. « La lecture du *Lépreux* m'avait touchée, dit madame Olympe Cottu dans sa préface; j'en parlai à un ami auquel une longue et douce habitude me porte à confier toutes mes émotions; je l'engageai à le lire. Il n'en fut pas aussi satisfait que moi : la douleur aride et quelquefois rebelle du Lépreux lui paraissait, me dit-il, *comme une autre lèpre qui desséchait son âme*; cet infortuné (ajoutait-

---

1. Paris, Gosselin, 1824, in-8°.

2

al), révolté contre le sort, n'offrait guère à l'esprit que l'idée de la souffrance physique, et ne pouvait exciter que l'espèce de pitié vulgaire qui s'attache aux infirmités humaines. Il aurait souhaité voir cette pitié ennoblie par un sentiment plus doux et plus élevé; et la résignation chrétienne du Lépreux l'eût mille fois plus attendri que son désespoir. » — Ce discours dans la bouche de l'ami prendra de la valeur et deviendra plus curieux à remarquer, si l'on y croit reconnaître un écrivain bien illustre lui-même et qu'on a été accoutumé longtemps à considérer comme l'émule et presque l'égal du comte Joseph, plutôt que comme le critique et le correcteur du comte Xavier[1]. Quoi qu'il en soit, c'était faire preuve d'un esprit bien subtil ou bien inquiet que de voir dans la simple histoire de ce bon Lépreux, à côté de passages reconnus pour touchants, *beaucoup d'autres où respire une sorte d'aigreur fa-*

---

1. M. de Lamennais.

rouche ; voilà des expressions tout d'un coup extrêmes. Quelque délicats, quelque élevés que puissent sembler certains ajoutés, l'idée seule de rien ajouter est malheureuse. Tout ce qu'on a introduit dans cette édition du *Lépreux* perfectionné se trouve compris, par manière d'indication, entre *crochets*, absolument comme dans les histoires de l'excellent Tillemont, qui craint tout au contraire de confondre rien de lui (le scrupuleux véridique) avec la pureté des textes originaux. Or, dans le délicieux récit qu'on gâte, imaginez comment l'intérêt ému circule aisément à travers ces perpétuels crochets. Si j'étais professeur de rhétorique, je voudrais, au chapitre des *narrations*, comparer, confronter page à page les deux versions du *Lépreux*, et démontrer presque à chaque fois l'infériorité de l'esprit cherché et du raisonnement en peine qui ne parvient qu'à surcharger le naïf et le simple. Les auteurs du *Lépreux* corrigé ont méconnu l'une des plus précieuses qualités du récit original, qui est dans l'absence de toute réflexion commune ou prétentieuse. Peut-être, lors de la rédaction première, s'était-il glissé quelque réflexion superflue dans ce que le comte Joseph a conseillé à son frère de raccourcir, et il a bien fait. A quoi bon ces raisonnements dans la bouche de l'humble souffrant? Pourquoi lui faire dire en termes exprès par manière d'enseignement au lecteur : « Tout le secret de ma patience est dans cette unique pensée : *Dieu le veut*. De ce point obscur et imperceptible où il m'a fixé, je concours à sa gloire, *puisque j'y suis dans l'ordre*. Cette réflexion est bien douce! elle agit sur moi avec tant d'empire, que je suis porté à croire que cet *amour de l'ordre* fait partie de notre essence... » Peu s'en fallait, si l'ami s'en était mêlé davantage, que *le Lépreux* ne fût devenu un *Vicaire savoyard* catholique et, non moins que l'autre, éloquent. Ah! laissez le lecteur conclure sur la simple

histoire; il tirera la moralité lui-même plus
sûrement, si on ne la lui affiche pas; laissez-le
se dire tout seul à demi-voix que ce Lépreux,
dans sa résignation si chèrement achetée, est
plus réellement heureux peut-être que bien des
heureux du monde : mais que tout ceci ressorte
par une persuasion insensible; faites avec le
conteur fidèle, que cet humble infortuné nous
émeuve et nous élève par son exemple, sans
trop se rendre compte à lui-même ni par-de-
vant nous.

A cet endroit du dialogue : « Quoi! le sommeil vous abandonne? » le Lépreux, chez M. de
Maistre, s'écrie bien naturellement : « Ah!
monsieur, les insomnies! les insomnies! Vous
ne pouvez vous figurer combien est longue et
triste une nuit, etc... » Au lieu de ce cri de
nature, la version corrigée lui fait dire : « Oui,
je passe bien des nuits sans fermer l'œil et dans
de violentes agitations. Je souffre beaucoup
alors; mais la bonté divine est partout... » Suit

2.

une longue page d'analyse qui finit par une vision.

M. de Feletz, aux *Débats*, s'est poliment moqué, dans le temps, de cette retouche[1]; il y notait, entre autres additions, un certain clair de lune introduit au moment de la mort de la sœur, et dans lequel l'astre des nuits, éclairant une nature immobile, était comparé au *soleil éteint*. Je n'aurais pas tant insisté sur ce singulier petit essai, s'il n'y avait une leçon directe de goût à en tirer, si l'on n'y trouvait surtout les traces avouées d'un conseil supérieur et des traits partout ailleurs remarquables, comme celui-ci : « Quant à la vie, pour ainsi dire déserte, à laquelle je suis condamné, elle s'écoule bien plus rapidement qu'on ne l'imaginerait; et cela c'est beaucoup, continua le Lépreux avec un léger soupir, car je suis de ceux qui ne voyagent que pour arriver. Ma vie est sans variété, mes jours sont sans nuances; et cette mo-

1. Voir tome VI de ses *Mélanges*.

notonie fait paraître le temps court, de même
que la nudité d'un terrain le fait paraître moins
étendu. »

Le simple et doux *Lépreux* fit son chemin
dans le monde sans tant de façons et sans qu'on
lui demandât rien davantage ; il prit place bientôt dans tous les cœurs, et procura à chacun de
ceux qui le lurent une de ces pures émotions
voisines de la prière, une de ces rares demi-
heures qui bénissent une journée. Littéraire-
ment, on pourrait presque dire qu'il fit école :
on citerait toute une série de petits romans
(dont *le Mutilé*, je crois, est le dernier) où
l'intérêt se tire d'une affliction physique con-
trastant avec les sentiments de l'âme : mais ce
sont des romans, et le *Lépreux* n'en est pas un.
Dans cette postérité, plus ou moins directe, je
me permets à quelques égards de ranger, et je
distingue la trop sensible *Ourika*, chez qui la
lèpre n'est du moins que dans cette couleur fatale d'où naissent ses malheurs. Parmi les an-

cêtres du Lépreux, en remontant vers le moyen
âge, je ne rappellerai que le touchant fabliau
allemand du *Pauvre Henry* : c'est le nom d'un
noble chevalier tout d'un coup atteint de
lèpre. Le plus savant des docteurs de Salerne
lui a dit qu'il ne pourrait être guéri que par le
sang d'une jeune vierge librement offert, et
l'amour le lui fait trouver [1].

Un peu plus étendues que *le Lépreux* et aussi
excellentes à leur manière, les deux autres anec-
doctes, *les Prisonniers du Caucase* et *la Jeune*

1. On lira avec plaisir cette histoire, traduite par M. Bu-
chon, et insérée dans le *Magasin pittoresque* (septembre 1836).
— Dans ses voyages du Nord (*Lettres sur l'Islande*), M. Marmier a rencontré une classe de lépreux particulière à ces
contrées, et qu'au lieu de l'effroi, la compassion publique
environne. Cette maladie provient là, en effet, bien moins
d'un vice que de la pauvreté et des misères de la vie, de la
nourriture corrompue, de l'humidité prolongée, des travaux
de pêche auxquels on est assujetti durant l'hiver : elle afflige
souvent ceux qui le méritent le moins ; elle n'est pas conta-
gieuse, elle n'est même pas décidément héréditaire. Aussi y
est-on très-hospitalier aux lépreux ; on les accueille, on sent
qu'on peut être demain comme eux ; l'idée de l'antique malé-
diction a disparu, et M. Marmier a remarqué avec sensibilité
que si le lépreux de M. de Maistre était venu dans le Nord,
il y aurait retrouvé une sœur.

Sibérienne, furent écrites vers l'an 1820, à la demande de quelques amis, et en faveur d'une proche parente à qui l'auteur en avait promis la propriété; il les leur livra pour être publiés à Paris. La perfection des deux nouveaux opuscules prouve que, chez lui, le bonheur du récit n'était pas un accident, mais un don, et combien il l'aurait pu appliquer diversement, s'il avait voulu. *La Jeune Sibérienne* est surtout délicieuse par le pathétique vrai, suivi, profond de source, modéré de ton, entremêlé d'une observation fine et doucement malicieuse de la nature humaine, que le sobre auteur discerne encore même à travers une larme. Ici un nouveau point de comparaison, une nouvelle occasion de triomphe lui a été ménagée, et, je suis fâché de le dire, sur une dame encore. Madame Cottin, dans *Élisabeth ou les Exilés de Sibérie*, a fait un roman de ce que M. de Maistre a simplement raconté. Chez elle, on a une jeune fille rêveuse, sentimentale, *la Fille de l'exilé de la cabane du lac ;* elle a un noble et bel amant, le jeune Smoloff ; c'est lui qu'elle souhaiterait pour guide dans son pèlerinage, mais on juge plus convenable de lui donner un missionnaire ; elle finit par épouser son amant. La simple, la réelle, la pieuse et vaillante jeune fille, Prascovie, périt tout à fait dans cette sentimentalité de madame Cottin, plus encore que le Lépreux de tout à l'heure dans la spiritualité de madame Cottu. C'est le cas de dire avec Prascovie elle-même, lorsqu'après son succès inespéré, étant un jour conduite au palais de l'*Ermitage,* et y voyant un grand tableau de Silène soutenu par des bacchantes, elle s'écrie avec son droit sens étonné : « Tout cela n'est donc pas vrai ? voilà des hommes avec des pieds de chèvre. *Quelle folie de peindre des choses qui n'ont jamais existé, comme s'il en manquait de véritables !* » — Mais pour saisir ces choses *véritables,* comme M. de Maistre l'a fait dans son récit, pour n'en pas suivre un seul côté seulement,

celui de la foi fervente qui se confie et de l'héroïsme ingénu qui s'ignore, pour y joindre,
chemin faisant et sans disparate, quelques traits
plus égayés ou aussi la vue de la nature ma-
ligne et des petitesses du cœur, pour ne rien
oublier, pour tout fondre, pour tout offrir dans
une émotion bienfaisante, il faut un talent bien
particulier, un art d'autant plus exquis qu'il
est plus caché, et qu'on ne sait en définitive si,
lui aussi, il ne s'ignore pas lui-même.

Les Prisonniers du Caucase, par la singula-
rité des mœurs et des caractères si vivement
exprimés, semblent déceler, dans ce talent d'ordinaire tout gracieux et doux, une faculté d'au-
dace qui ne recule au besoin devant aucun
trait de la réalité et de la nature, même la plus
sauvage. M. Mérimée pourrait envier ce person-
nage d'Ivan, de ce brave domestique du major,
à la fois si fidèle et si féroce, et qui donne si
lestement son coup de hache à qui le gêne, en
sifflant l'air : *Hai luli, hai luli !*

Ces opuscules avaient été envoyés de Russie par l'auteur [1]; il ne tarda pas à les suivre et à revoir des cieux depuis trop longtemps quittés. M. de Lamartime, dans l'une de ses *Harmonies*, a célébré avec attendrissement ce retour de M. de Maistre, à qui, durant l'absence, une alliance de famille l'avait uni :

> Salut au nom des cieux, des monts et des rivages
>   Où s'écoulèrent tes beaux jours,
> Voyageur fatigué qui reviens sur nos plages
> Demander à tes champs leurs antiques ombrages,
>   A ton cœur ses premiers amours !
>
> Que de jours ont passé sur ces chères empreintes !
> Que d'adieux éternels ! que de rêves déçus !

1. M. Valery, qui en fut le premier éditeur, me transmet quelques détails plus particuliers. Lorsque le manuscrit arriva à Paris, il fut communiqué par M. de Vignet à madame de Duras. Cette femme d'un esprit si rare augurait mal, il faut le dire, de la publication : elle trouvait, par exemple, que Prascovie arrivée à Pétersbourg perdait du temps; qu'elle n'entendait rien aux affaires; elle avait horreur de cet homme (Ivan) qui tue une femme, etc., etc.; son opinion était partagée par plusieurs personnes de sa société. M. Valery, à qui le manuscrit avait été remis, se sentit d'un avis contraire, et on lui dut cette première édition à laquelle dans l'absence de l'auteur il apporta tous ses soins. (Voir à ce propos les articles de M. Patin, recueillis dans ses *Mélanges de Littérature*.)

Que de liens brisés! que d'amitiés éteintes!
Que d'échos assoupis qui ne répondent plus!
Moins de flots ont roulé sur les sables de Laisse [1],
Moins de rides d'azur ont sillonné son sein,
Et, des arbres vieillis qui couvraient ta jeunesse,
Moins de feuilles d'automne ont jonché le chemin!

. . . .

O sensible Exilé! tu les a retrouvées
Ces images, de loin toujours, toujours rêvées,
Et ces débris vivants de tes jours de bonheur :
Tes yeux ont contemplé tes montagnes si chères,
Et ton berceau champêtre, et le toit de tes pères;
Et des flots de tristesse ont monté dans ton cœur!..

M. de Maistre a lui-même composé beaucoup de vers ; mais, malgré les insinuations complaisantes, il a toujours résisté à les produire au jour, se disant que la mode avait changé. Il a traduit ou imité en vers des fables du poëte russe Kriloff : on trouve une de ces imitations imprimée dans l'Anthologie russe qu'a publiée M. Dupré de Saint-Maur. J'ai entre les mains une ode manuscrite de lui, de 1817; c'est un regret de ne pouvoir atteindre au but sublime, et le sentiment exprimé de la lutte inégale avec le génie :

1. Nom d'un torrent de Savoie.

> Et, glorieux encor d'un combat téméraire,
> Je garde dans mes vers quelques traits de lumière
> Du Dieu qui m'a vaincu [1].

Il a fait des épigrammes spirituelles. Quelques personnes ont copie de son *épitaphe*, qui rappelle un peu celle de la Fontaine [2]. Mais il suffira de donner ici sa jolie pièce du *Papillon*, qui, pour la grâce et l'émotion, ne dépare pas le souvenir de ses autres écrits. Un prisonnier

1. Il écrivait en style moins lyrique à un ami, en se faisant tout petit, non sans malice : « Dans l'impossibilité où je suis de comprendre cette faculté (du poëte) et pour ne pas avouer cette supériorité dans les autres, je pense que les poëtes ont quelque chose dans le poignet qui change la prose en vers à mesure qu'elle passe par là pour se rendre de la tête sur le papier; en sorte qu'un poëte ne serait qu'une filière plus ou moins parfaite. J'étais si persuadé de ce système consolant pour les prosateurs, que j'essayai un jour d'écrire des vers avec la main gauche, dans l'espoir d'y trouver cet heureux mécanisme; mais ma main gauche ne fut pas plus heureuse que la droite, et je fus convaincu à jamais que je ne suis pas une filière à vers. J'avoue même que ce mauvais succès me laissa quelques doutes sur la vérité de mon système. — Si faux que soit le système, il ne s'appliquerait pas mal à plus d'un soi-disant poëte, et tel auteur de grande épopée, comme Parseval, nous en pourrait dire quelque chose.

2. En voici les premiers vers :

> Ci-gît sous cette pierre grise
> XAVIER, qui de tout s'étonnait,
> Demandant d'où venait la bise
> Et pourquoi Jupiter tonnait...

lui avait raconté qu'un papillon était un jour
entré dans sa prison en Sibérie :

LE PAPILLON.

Colon de la plaine éthérée,
Aimable et brillant Papillon,
Comment de cet affreux donjon
As-tu su découvrir l'entrée?
A peine entre ces noirs créneaux
Un faible rayon de lumière
Jusqu'à mon cachot solitaire
Pénètre à travers les barreaux.

As-tu reçu de la nature
Un cœur sensible à l'amitié?
Viens-tu, conduit par la pitié,
Partager les maux que j'endure?
Ah! ton aspect de ma douleur
Suspend et calme la puissance;
Tu me ramènes l'espérance
Prête à s'éteindre dans mon cœur.

Doux ornement de la nature,
Viens me retracer sa beauté;
Parle-moi de la liberté,
Des eaux, des fleurs, de la verdure;
Parle-moi du bruit des torrents,
Des lacs profonds, des frais ombrages
Et du murmure des feuillages
Qu'agite l'haleine des vents.

As-tu vu les roses éclore?
As-tu rencontré des amants?

Dis-moi l'histoire du printemps
Et des nouvelles de l'aurore;
Dis-moi si dans le fond des bois
Le rossignol, à ton passage,
Quand tu traversais le bocage,
Faisait ouïr sa douce voix.

Le long de la muraille obscure
Tu cherches vainement des fleurs :
Chaque captif de ses malheurs
Y trace la vive peinture.
Loin du soleil et des zéphyrs,
Entre ces voûtes souterraines,
Tu voltigeras sur des chaînes
Et n'entendras que des soupirs.

Léger enfant de la prairie,
Sors de ma lugubre prison;
Tu n'existes qu'une saison,
Hâte-toi d'employer la vie.
Fuis! Tu n'auras hors de ces lieux,
Où l'existence est un supplice,
D'autres liens que ton caprice,
Ni d'autre prison que les cieux.

Peut-être un jour dans la campagne,
Conduit par tes goûts inconstants,
Tu rencontreras deux enfants
Qu'une mère triste accompagne :
Vole aussitôt la consoler;
Dis-lui que son amant respire,
Que pour elle seule il soupire;
Mais hélas!.. tu ne peux parler.

Étale ta riche parure
Aux yeux de mes jeunes enfants

Témoin de leurs jeux innocents,
Plane autour d'eux sur la verdure
Bientôt, vivement poursuivi,
Feins de vouloir te laisser prendre,
De fleur en fleur va les attendre
Pour les conduire jusqu'ici.

Leur mère les suivra sans doute,
Triste compagne de leurs jeux :
Vole alors gaîment devant eux
Pour les distraire de la route.
D'un infortuné prisonnier
Ils sont la dernière espérance :
Les douces larmes de l'enfance
Pourront attendrir mon geôlier.

A l'épouse la plus fidèle
On rendra le plus tendre époux ;
Les portes d'airain, les verroux,
S'ouvriront bientôt devant elle.
Mais, ah ! ciel ! le bruit de mes fers
Détruit l'erreur qui me console :
Hélas ! le Papillon s'envole...
Le voilà perdu dans les airs [1] !

Maintenant en route vers la Russie, où des affaires l'ont rappelé et où l'accompagnent nos vœux, M. de Maistre a laissé ici, au passage,

---

1. Cette jolie pièce a été traduite en russe, puis retraduite en vers français par un de nos secrétaires d'ambassade qui n'en savait pas la première origine. Pareille aventure est arrivée à *la Chute des feuilles* de Millevoye.

des souvenirs bien durables chez tous ceux qui
ont eu l'honneur de l'approcher. On prendrait
plaisir et profit à plus d'un de ses jugements
naïfs et fins. Il a peu lu nos auteurs modernes ;
en arrivant, il ne les connaissait guère que de
nom, même le très-petit nombre de ceux qui
mériteraient de lui agréer. En parcourant les
ouvrages à la mode, il s'est effrayé d'abord, il
s'est demandé si notre langue n'avait pas changé
durant ce long espace de temps qu'il avait vécu
à l'étranger : « Pourtant ce qui me tranquillise
un peu, ajoutait-il, c'est que, si l'on écrit tout
autrement, la plupart des personnes que je
rencontre parlent encore la même langue que
moi. » En assistant à quelques séances de nos
Chambres, il s'est trouvé bien dérouté de tant
de paroles ; au sortir du silence des villas et du
calme des monarchies absolues, il comprenait
peu l'utilité de tout ce bruit, et l'on aurait
eu peine, je l'avoue, à la lui démontrer pour
le moment. Il était tombé aussi dans un

quart d'heure trop désagréable pour la forme
représentative ; que ne prenait-il un instant
plus flatteur ? La Chambre des députés, chaque
fois qu'il passait devant, lui rappelait involontairement le Vésuve, disait-il. — Oui, pour la
fumée au moins, sinon pour le péril de l'explo-
sion ; mais, lui, il croyait même au péril. Il n'aimait guère mieux le *quai Voltaire* (antipathie
de famille), et y passait le plus rapidement
qu'il pouvait, baissant la tête, disait-il, et dé-
tournant ses regards vers la Seine. Il admire,
comme on le peut penser, les ouvrages de son
illustre frère, et, en toute tolérance, sans
ombre de dogmatisme, il semble les adopter
naturellement comme l'ordre d'idées le plus
simple du monde ; il trouve que le plus beau
livre du comte Joseph est celui de *l'Église gal-*
licane. Ce qu'il paraissait le plus désirer, le
plus regretter chez nos grands littérateurs,
c'est l'unité dans la vie. Il l'a dans la sienne :
simplicité, pureté, modestie, honneur ; bel

exemple des antiques mœurs jusqu'au bout conservées dans un esprit gracieux et une âme sensible! — Il aimait à parler avec éloges d'un écrivain génevois spirituel qui est un peu de son école pour le genre d'émotion et pour *l'humour*. Quand on lui demandait s'il n'avait pas quelque dernier opuscule en portefeuille, il répondait en désignant *le Presbytère, l'Héritage, la Bibliothèque de mon oncle, la Traversée, le Col d'Anterne, le Lac de Gers,* un choix enfin des meilleurs écrits de M. Töpffer, et en désirant qu'on les fît connaître en France. On aurait l'agrément de l'auteur pour ôter çà et là deux ou trois taches, car il y en a quelques-unes de diction et de ton. Si cette petite contrefaçon à l'amiable a bientôt lieu, on la lui devra [1].

En même temps que le comte Xavier de Maistre s'est offert à nous comme un de ces

---

1. Elle s'est faite et a très-bien réussi : M. Töpffer est désormais naturalisé en France.

hommes dont la rencontre console de bien des
mécomptes en littérature et réconcilie doucement avec la nature humaine, il y a, dans la
publicité insensible et croissante de ses ouvrages, un mouvement remarquable qui peut
encore, ce semble, rassurer le goût. On l'a peu
affiché, on l'a peu vanté dans les journaux; aucun des grands moyens en usage n'a été employé pour pousser à un succès; eh bien, du
14 décembre dernier au 19 avril, c'est-à-dire
en quatre mois (et quels mois de disette, de
détresse, on le sait, pour la librairie!), il s'est
vendu mille neuf cent quarante-huit exem-
plaires de ses œuvres. Le chiffre est authen-
tique, et je le donne comme consolant. Le
culte du touchant et du simple conserve donc
encore et sait rallier à petit bruit ses fidèles.

Mai 1839.

(La *Bibliothèque universelle de Genève* a publié, à la date
du 22 octobre 1841, un petit mémoire de M. de Maistre, inti-
tulé *Méthode pour observer les taches que l'on peut avoir
dans le cristallin.* Mais, dans ce voyage autour de la chambre

3.

de l'œil, il n'y a absolument rien de littéraire ; ce n'est qu'une observation physique minutieuse et ingénieuse. On y retrouve le même genre d'application délicate que l'auteur avait déjà donnée à la peinture, aux couleurs et au procédé par l'encre de Chine.)

— Le comte Xavier de Maistre est mort à Saint-Pétersbourg, le 12 juin 1852, à l'âge de près de 89 ans. Son ami, le comte de Marcellus, doit être mis en possession des manuscrits qui permettront de faire un travail définitif sur cet homme sensible et ce talent aimable.

VOYAGE

AUTOUR

DE MA CHAMBRE

I

Qu'il est glorieux d'ouvrir une nouvelle carrière, et de paraître tout à coup dans le monde savant, un livre de découvertes à la main, comme une comète inattendue étincelle dans l'espace!

Non, je ne tiendrai plus mon livre *in petto*; le voilà, messieurs, lisez. J'ai entrepris et exécuté un voyage de quarante-deux jours autour de ma chambre. Les observations intéressantes que j'ai faites, et le plaisir continuel

que j'ai éprouvé le long du chemin, me faisaient désirer de le rendre public; la certitude
d'être utile m'y a décidé. Mon cœur éprouve
une satisfaction inexprimable lorsque je pense
au nombre infini de malheureux auxquels
j'offre une ressource assurée contre l'ennui,
et un adoucissement aux maux qu'ils endurent.
Le plaisir qu'on trouve à voyager dans sa
chambre est à l'abri de la jalousie inquiète des
hommes; il est indépendant de la fortune.

Est-il en effet d'être assez malheureux, assez
abandonné, pour n'avoir pas un réduit où il
puisse se retirer et se cacher à tout le monde?
Voilà tous les apprêts du voyage.

Je suis sûr que tout homme sensé adoptera
mon système, de quelque caractère qu'il puisse
être, et quel que soit son tempérament : qu'il
soit avare ou prodigue, riche ou pauvre, jeune
ou vieux, né sous la zone torride ou près du
pôle, il peut voyager comme moi; enfin, dans
l'immense famille des hommes qui fourmillent

sur la surface de la terre, il n'en est pas un seul — non, pas un seul (j'entends de ceux qui habitent des chambres) qui puisse, après avoir lu ce livre, refuser son approbation à la nouvelle manière de voyager que j'introduis dans le monde.

II

Je pourrais commencer l'éloge de mon voyage par dire qu'il ne m'a rien coûté ; cet article mérite attention. Le voilà d'abord prôné, fêté par les gens d'une fortune médiocre ; il est une autre classe d'hommes auprès de laquelle il est encore plus sûr d'un heureux succès, par cette même raison qu'il ne coûte rien. — Auprès de qui donc ? Eh quoi ! vous le demandez ? C'est auprès des gens riches. D'ailleurs, de quelle ressource cette manière de voyager n'est-elle pas pour les malades ! ils n'auront point à craindre l'intempérie de l'air et des saisons. Pour les poltrons, ils seront à l'abri des voleurs ; ils ne rencontreront ni précipices ni fondrières. Des milliers de personnes qui avant moi n'avaient point osé, d'autres qui n'avaient pu, d'autres enfin qui n'avaient pas songé à voyager, vont s'y résoudre à mon exemple. L'être le plus indolent hésiterait-il à se mettre en route avec moi pour se procurer un plaisir qui ne lui coûtera ni peine ni argent? — Courage donc, partons. — Suivez-moi, vous tous qu'une mortification de l'amour, une négligence de l'amitié retiennent dans votre appartement, loin de la petitesse et de la perfidie des hommes. Que tous les malheureux, les malades et les ennuyés de l'univers me suivent! — Que tous les paresseux se lèvent en *masse!* Et vous qui roulez dans votre tête des projets sinistres de réforme ou de retraite pour quelque infidélité; vous qui, dans un boudoir, renoncez au monde pour la vie; aimables anachorètes d'une soirée, venez aussi : quittez, croyez-moi ces noires idées; vous perdez un instant pour le plaisir sans en gagner un pour la sagesse : daignez m'accompagner dans mon voyage; nous

marcherons à petites journées, en riant, le
long du chemin, des voyageurs qui ont vu Rome
et Paris; — aucun obstacle ne pourra nous
arrêter; et, nous livrant gaiement à notre imagination, nous la suivrons partout où il lui
plaira de nous conduire.

III

Il y a tant de personnes curieuses dans le monde! — Je suis persuadé qu'on voudrait savoir pourquoi mon voyage autour de ma chambre a duré quarante-deux jours au lieu de quarante-trois ou de tout autre espace de temps; mais comment l'apprendrais-je au lecteur, puisque je l'ignore moi-même? Tout ce que je puis assurer, c'est que, si l'ouvrage est trop long à son gré, il n'a pas dépendu de moi de le rendre plus court; toute vanité de voyageur à part, je me serais contenté d'un chapitre. J'étais, il est vrai, dans ma chambre, avec tout le plaisir et l'agrément possible; mais, hélas! je n'étais pas le maître d'en sortir à ma volonté; je crois même que, sans l'entremise

de certaines personnes puissantes qui s'inté-
ressaient à moi, et pour lesquelles ma reconnaissance n'est pas éteinte, j'aurais eu tout le
temps de mettre un *in-folio* au jour, tant les
protecteurs qui me faisaient voyager dans ma
chambre étaient disposés en ma faveur!

Et cependant, lecteur raisonnable, voyez
combien ces hommes avaient tort, et saisissez
bien, si vous le pouvez, la logique que je vais
vous exposer.

Est-il rien de plus naturel et de plus juste
que de se couper la gorge avec quelqu'un qui
vous marche sur le pied par inadvertance, ou
bien qui laisse échapper quelque terme piquant
dans un moment de dépit, dont votre imprudence est la cause, ou bien enfin qui a le malheur de plaire à votre maîtresse?

On va dans un pré, et là, comme Nicole faisait avec le Bourgeois Gentilhomme, on essaye
de tirer quarte lorsqu'il pare tierce; et, pour
que la vengeance soit sûre et complète, on lui

présente sa poitrine découverte, et on court risque de se faire tuer par son ennemi pour se venger de lui. — On voit que rien n'est plus conséquent, et toutefois on trouve des gens qui désapprouvent cette louable coutume! Mais ce qui est aussi conséquent que tout le reste, c'est que ces mêmes personnes qui la désapprouvent et qui veulent qu'on la regarde comme une faute grave, traiteraient encore plus mal celui qui refuserait de la commettre. Plus d'un malheureux, pour se conformer à leur avis, a perdu sa réputation et son emploi; en sorte que lorsqu'on a le malheur d'avoir ce qu'on appelle *une affaire*, on ne ferait pas mal de tirer au sort pour savoir si on doit la finir suivant les lois ou suivant l'usage, et comme les lois et l'usage sont contradictoires, les juges pourraient aussi jouer leur sentence aux dés. — Et probablement aussi c'est à une décision de ce genre qu'il faut recourir pour expliquer pourquoi et comment mon voyage a duré quarante-deux jours juste.

IV

Ma chambre est située sous le quarante-cinquième degré de latitude, selon les mesures du père *Beccaria* : sa direction est du levant au couchant ; elle forme un carré long qui a trente-six pas de tour, en rasant la muraille de bien près. Mon voyage en contiendra cependant davantage ; car je la traverserai souvent en long et en large, ou bien diagonalement, sans suivre de règle ni de méthode. — Je ferai même des zigzags, et je parcourrai toutes les lignes possibles en géométrie, si le besoin l'exige. Je n'aime pas les gens qui sont si fort les maîtres de leurs pas et de leurs idées, qui disent : *Aujourd'hui je ferai trois visites, je ferai quatre lettres, je finirai cet ouvrage que j'ai commencé.* — Mon âme est tellement ouverte à toutes sortes d'idées, de goûts et de sentiments; elle reçoit si avidement tout ce qui se présente!.. — Et pourquoi refuserait-elle les jouissances qui sont éparses sur le chemin difficile de la vie? Elles sont si rares, si clairsemées, qu'il faudrait être fou pour ne pas s'arrêter, se détourner même de son chemin pour cueillir toutes celles qui sont à notre portée. Il n'en est pas de plus attrayante, selon moi, que de suivre ses idées à la piste, comme le chasseur poursuit le gibier, sans affecter de tenir aucune route. Aussi, lorsque je voyage dans ma chambre, je parcours rarement une ligne droite : je vais de ma table vers un tableau qui est placé dans un coin; de là je pars obliquement pour aller à la porte; mais, quoique en partant mon intention soit bien de m'y rendre, si je rencontre mon fauteuil en chemin, je ne fais pas de façon, et je m'y arrange tout de suite. — C'est un excellent meuble qu'un fauteuil; il est surtout de la dernière utilité pour tout homme méditatif. Dans les longues soirées d'hiver, il est quelquefois doux et toujours prudent de s'y étendre mollement, loin du fracas des assemblées nombreuses. — Un bon feu, des livres, des plumes; que de ressources contre l'ennui! Et quel plaisir encore d'oublier ses livres et ses plumes pour tisonner son feu, en se livrant à quelque douce méditation, ou en arrangeant quelques rimes pour égayer ses amis! Les heures glissent alors sur vous, et tombent en silence dans l'éternité, sans vous faire sentir leur triste passage.

V

Après mon fauteuil, en marchant vers le nord, on découvre mon lit, qui est placé au fond de ma chambre, et qui forme la plus agréable perspective. Il est situé de la manière la plus heureuse : les premiers rayons du soleil viennent se jouer dans mes rideaux. — Je les vois, dans les beaux jours d'été, s'avancer le long de la muraille blanche, à mesure que le soleil s'élève : les ormes qui sont devant ma fenêtre les divisent de mille manières, et les font balancer sur mon lit, couleur de rose et blanc, qui répand de tous côtés une teinte charmante par leur réflexion.—J'entends le gazouillement confus des hirondelles qui se sont emparées du toit de la maison, et des autres oiseaux qui habitent les ormes : alors mille idées riantes occupent mon esprit; et, dans l'univers entier, personne n'a un réveil aussi agréable, aussi paisible que le mien.

J'avoue que j'aime à jouir de ces doux instants, et que je prolonge toujours, autant qu'il est possible, le plaisir que je trouve à méditer dans la douce chaleur de mon lit. — Est-il un théâtre qui prête plus à l'imagination, qui réveille de plus tendres idées, que le meuble où je m'oublie quelquefois? — Lecteur modeste, ne vous effrayez point; — mais ne pourrais-je donc parler du bonheur d'un amant qui serre pour la première fois dans ses bras une épouse vertueuse? plaisir ineffable, que mon mauvais destin me condamne à ne jamais goûter! N'est-ce pas dans un lit qu'une mère, ivre de joie à la naissance d'un fils, oublie ses douleurs? C'est là que les plaisirs fantastiques, fruits de l'imagination et de l'espérance, viennent nous agiter. — Enfin, c'est dans ce meuble délicieux que nous oublions, pendant une moitié de la vie, les chagrins de l'autre moitié. Mais quelle foule de pensées agréables et tristes se pressent à la fois dans mon cerveau! Mélange étonnant de situations terribles et délicieuses!

Un lit nous voit naître et nous voit mourir; c'est le théâtre variable où le genre humain joue tour à tour des drames intéressants, des farces risibles et des tragédies épouvantables. — C'est un berceau garni de fleurs; — c'est le trône de l'amour; — c'est un sépulcre.

VI

Ce chapitre n'est absolument que pour les métaphysiciens. Il va jeter le plus grand jour sur la nature de l'homme : c'est le prisme avec lequel on pourra analyser et décomposer les facultés de l'homme, en séparant la puissance animale des rayons purs de l'intelligence.

Il me serait impossible d'expliquer comment et pourquoi je me brûlai les doigts aux premiers pas que je fis en commençant mon voyage, sans expliquer, dans le plus grand détail, au lecteur, mon système *de l'âme et de la bête.* — Cette découverte métaphysique influe d'ailleurs tellement sur mes idées et sur mes actions, qu'il serait très-difficile de comprendre ce livre, si je n'en donnais la clef au commencement.

Je me suis aperçu, par diverses observations, que l'homme est composé d'une âme et d'une bête. — Ces deux êtres sont absolument distincts, mais tellement emboîtés l'un dans l'autre, ou l'un sur l'autre, qu'il faut que l'âme ait une certaine supériorité sur la bête pour être en état d'en faire la distinction.

Je tiens d'un vieux professeur (c'est du plus loin qu'il me souvienne) que Platon appelait la matière *l'autre*. C'est fort bien ; mais j'aimerais mieux donner ce nom par excellence à la bête qui est jointe à notre âme. C'est réellement cette substance qui est *l'autre*, et qui nous lutine d'une manière si étrange. On s'aperçoit bien en gros que l'homme est double ; mais c'est, dit-on, parce qu'il est composé d'une âme et d'un corps ; et l'on accuse ce corps de je ne sais combien de choses, mais bien mal à propos assurément, puisqu'il est aussi incapable

de sentir que de penser. C'est à la bête qu'il
faut s'en prendre, à cet être sensible, parfaitement distinct de l'âme, véritable *individu*, qui
a son existence séparée, ses goûts, ses inclinations, sa volonté, et qui n'est au-dessus des
autres animaux que parce qu'il est mieux élevé
et pourvu d'organes plus parfaits.

Messieurs et mesdames, soyez fiers de votre
intelligence tant qu'il vous plaira ; mais défiez-
vous beaucoup de *l'autre*, surtout quand vous
êtes ensemble !

J'ai fait je ne sais combien d'expériences sur
l'union de ces deux créatures hétérogènes. Par
exemple, j'ai reconnu clairement que l'âme
peut se faire obéir par la bête, et que, par un
fâcheux retour, celle-ci oblige très-souvent
l'âme d'agir contre son gré. Dans les règles,
l'une a le pouvoir législatif et l'autre le pouvoir
exécutif ; mais ces deux pouvoirs se contrarient
souvent. — Le grand art d'un homme de génie
est de savoir bien élever sa bête, afin qu'elle

puisse aller seule, tandis que l'âme délivrée de cette pénible accointance, peut s'élever jusqu'au ciel.

Mais il faut éclaircir ceci par un exemple.

Lorsque vous lisez un livre, monsieur, et qu'une idée plus agréable entre tout à coup dans votre imagination, votre âme s'y attache tout de suite et oublie le livre, tandis que vos yeux suivent machinalement les mots et les lignes; vous achevez la page sans la comprendre et sans vous souvenir de ce que vous avez lu.

—Cela vient de ce que votre âme ayant ordonné à sa compagne de lui faire la lecture, ne l'a point avertie de la petite absence qu'elle allait faire; en sorte que *l'autre* continuait la lecture que votre âme n'écoutait plus.

4.

VII

Cela ne vous paraît-il pas clair? voici un autre exemple :

Un jour de l'été passé, je m'acheminai pour aller à la cour. J'avais peint toute la matinée, et mon âme, se plaisant à méditer sur la peinture, laissa le soin à la bête de me transporter au palais du roi.

Que la peinture est un art sublime! pensait mon âme; heureux celui que le spectacle de la nature a touché, qui n'est pas obligé de faire des tableaux pour vivre, qui ne peint pas uniquement par passe-temps, mais qui, frappé de la majesté d'une belle physionomie et des jeux admirables de la lumière qui se fond en mille teintes sur le visage humain, tâche d'approcher

dans ses ouvrages des effets sublimes de la
nature! Heureux encore le peintre que l'amour
du paysage entraîne dans des promenades solitaires, qui sait exprimer sur la toile le sentiment de tristesse que lui inspire un bois sombre
ou une campagne déserte! Ses productions
imitent et reproduisent la nature; il crée des
mers nouvelles et de noires cavernes inconnues
au soleil : à son ordre, de verts bocages sortent
du néant, l'azur du ciel se réfléchit dans ses
tableaux; il connaît l'art de troubler les airs et
de faire mugir les tempêtes. D'autres fois il
offre à l'œil du spectateur enchanté les campagnes délicieuses de l'antique Sicile : on voit
des nymphes éperdues fuyant, à travers les ro-
seaux, la poursuite d'un satyre; des temples
d'une architecture majestueuse élèvent leur front
superbe par-dessus la forêt sacrée qui les entoure : l'imagination se perd dans les routes silencieuses de ce pays idéal; des lointains bleuâtres
se confondent avec le ciel, et le paysage entier,

se répétant dans les eaux d'un fleuve tranquille, forme un spectacle qu'aucune langue ne peut décrire. — Pendant que mon âme faisait ces réflexions, *l'autre* allait son train, et Dieu sait où elle allait ! — Au lieu de se rendre à la cour comme elle en avait reçu l'ordre, elle dériva tellement sur la gauche, qu'au moment où mon âme la rattrapa, elle était à la porte de madame de *Hautcastel*, à un demi-mille du palais royal.

Je laisse à penser au lecteur ce qui serait arrivé si elle était entrée seule chez une aussi belle dame.

VIII

S'il est utile et agréable d'avoir une âme dégagée de la matière au point de la faire voyager toute seule lorsqu'on le juge à propos, cette faculté a aussi ses inconvénients. C'est à elle, par exemple, que je dois la brûlure dont j'ai parlé dans les chapitres précédents. — Je donne ordinairement à ma bête le soin des apprêts de mon déjeuner; c'est elle qui fait griller mon pain et le coupe en tranches. Elle fait à merveille le café, et le prend même très-souvent sans que mon âme s'en mêle, à moins que celle-ci ne s'amuse à la voir travailler; mais cela est rare et très-difficile à exécuter : car il est aisé, lorsqu'on fait quelque opération mécanique, de penser à toute autre chose; mais il est ex-

trêmement difficile de se regarder agir, pour
ainsi dire; — ou, pour m'expliquer suivant
mon système, d'employer son âme à examiner
la marche de sa bête, et de la voir travailler
sans y prendre part. — Voilà le plus étonnant
tour de force métaphysique que l'homme puisse
exécuter.

J'avais couché mes pincettes sur la braise
pour faire griller mon pain; et, quelque temps
après, tandis que mon âme voyageait, voilà
qu'une souche enflammée roule sur le foyer :
— ma pauvre bête porta la main aux pincettes,
et je me brûlai les doigts.

IX

J'espère avoir suffisamment développé mes idées dans les chapitres précédents pour donner à penser au lecteur, et pour le mettre à même de faire des découvertes dans cette brillante carrière : il ne pourra qu'être satisfait de lui, s'il parvient un jour à savoir faire voyager son âme toute seule; les plaisirs que cette faculté lui procurera balanceront de reste les *quiproquo* qui pourront en résulter. Est-il une jouissance plus flatteuse que celle d'étendre ainsi son existence, d'occuper à la fois la terre et les cieux, et de doubler, pour ainsi dire, son être? — Le désir éternel et jamais satisfait de l'homme n'est-il pas d'augmenter sa puissance et ses facultés, de vouloir être où il n'est pas, de rappeler le passé et de vivre dans l'avenir? — Il veut commander les armées, présider aux académies; il veut être adoré des belles; et, s'il possède tout cela, il regrette alors les champs et la tranquillité, et porte envie à la cabane des bergers : ses projets, ses espérances échouent sans cesse contre les malheurs réels attachés à la nature humaine; il ne saurait trouver le bonheur. Un quart d'heure de voyage avec moi lui en montrera le chemin.

Eh! que ne laisse-t-il à *l'autre* ces misérables soins, cette ambition qui le tourmente? — Viens, pauvre malheureux! fais un effort pour rompre ta prison, et, du haut du ciel où je vais te conduire, du milieu des orbes célestes et de l'empyrée, — regarde la bête, lancée dans le monde, courir toute seule la carrière de la fortune et des honneurs; vois avec quelle gravité elle marche parmi les hommes : la foule s'écarte avec respect, et, crois-moi, personne ne s'apercevra qu'elle est toute seule ; c'est le moindre souci de la cohue au milieu de laquelle elle se promène, de savoir si elle a une âme ou non, si elle pense ou non. — Mille femmes sentimentales l'aimeront à la fureur sans s'en apercevoir ; elle peut même s'élever, sans le secours de ton âme, à la plus haute faveur et à la plus grande fortune. — Enfin, je ne m'étonnerais nullement si, à notre retour de l'empyrée, ton âme, en rentrant chez elle, se trouvait dans la bête d'un grand seigneur.

X

Qu'on n'aille pas croire qu'au lieu de tenir ma parole en donnant la description de mon voyage autour de ma chambre, je bats la campagne pour me tirer d'affaire : on se tromperait fort, car mon voyage continue réellement ; et pendant que mon âme, se repliant sur elle-même, parcourait, dans le chapitre précédent, les détours tortueux de la métaphysique, — j'étais dans mon fauteuil, sur lequel je m'étais renversé, de manière que ses deux pieds antérieurs étaient élevés à deux pouces de terre ; et, tout en me balançant à droite et à gauche, et gagnant du terrain, j'étais insensiblement parvenu tout près de la muraille. — C'est la manière dont je voyage lorsque je ne suis pas

pressé. — Là ma main s'était emparée machinalement du portrait de madame de *Hautcastel*,
et *l'autre* s'amusait à ôter la poussière qui le
couvrait. — Cette occupation lui donnait un
plaisir tranquille, et ce plaisir se faisait sentir à
mon âme, quoiqu'elle fût perdue dans les vastes
plaines du ciel; car il est bon d'observer que,
lorsque l'esprit voyage ainsi dans l'espace, il
tient toujours aux sens par je ne sais quel lien
secret; en sorte que, sans se déranger de ses
occupations, il peut prendre part aux jouissances paisibles de *l'autre;* mais si ce plaisir
augmente à un certain point, ou si elle est frap-
pée par quelque spectacle inattendu, l'âme aussitôt reprend sa place avec la vitesse de l'éclair.

C'est ce qui m'arriva tandis que je nettoyais
le portrait.

A mesure que le linge enlevait la poussière
et faisait paraître des boucles de cheveux blonds,
et la guirlande de roses dont ils sont couronnés,
mon âme, depuis le soleil où elle s'était trans-

portée, sentit un léger frémissement de cœur
et partagea sympathiquement la jouissance de
mon cœur. Cette jouissance devint moins con-
fuse et plus vive lorsque le linge, d'un seul
coup, découvrit le front éclatant de cette charmante physionomie; mon âme fut sur le point
de quitter les cieux pour jouir du spectacle.
Mais se fût-elle trouvée dans les champs Élysées,
eût-elle assisté à un concert de chérubins, elle
n'y serait pas demeurée une demi-seconde,
lorsque sa compagne, prenant toujours plus
d'intérêt à son ouvrage, s'avisa de saisir une
éponge mouillée qu'on lui présentait et de la
passer tout à coup sur les sourcils et les yeux,
— sur le nez, — sur les joues, — sur cette
bouche; — ah! Dieu! le cœur me bat : — sur
le menton, sur le sein : ce fut l'affaire d'un
moment; toute la figure parut renaître et sortir du néant. — Mon âme se précipita du ciel
comme une étoile tombante; elle trouva *l'autre*
dans une extase ravissante, et parvint à l'aug-

menter en la partageant. Cette situation singulière et imprévue fit disparaître le temps et
l'espace pour moi. — J'existai pour un instant
dans le passé, et je rajeunis contre l'ordre de
la nature. — Oui, la voilà, cette femme adorée,
c'est elle-même, je la vois qui sourit; elle va
parler pour dire qu'elle m'aime. — Quel regard! viens, que je te serre contre mon cœur,
âme de ma vie, ma seconde existence! — viens
partager mon ivresse et mon bonheur! — Ce
moment fut court, mais il fut ravissant : la
froide raison reprit bientôt son empire, et,
dans l'espace d'un clin d'œil, je vieillis d'une
année entière; — mon cœur devint froid, glacé,
et je me trouvai de niveau avec la foule des indifférents qui pèsent sur le globe.

XI

Il ne faut pas anticiper sur les événements : l'empressement de communiquer au lecteur mon système de l'âme et de la bête m'a fait abandonner la description de mon lit plus tôt que je ne devais ; lorsque je l'aurai terminée, je reprendrai mon voyage à l'endroit où je l'ai interrompu dans le chapitre précédent. Je vous prie seulement de vous ressouvenir que nous avons laissé *la moitié de moi-même* tenant le portrait de madame de *Hautcastel* tout près de la muraille, à quatre pas de mon bureau. J'avais oublié, en parlant de mon lit, de conseiller à tout homme qui le pourra d'avoir un lit de couleur rose et blanc : il est certain que les couleurs influent sur nous au point de nous égayer ou de nous attrister suivant leurs nuances. — Le rose et le blanc sont deux couleurs consacrées au plaisir et à la félicité. — La nature, en les donnant à la rose, lui a donné la couronne de l'empire de Flore ; et lorsque le ciel veut annoncer une belle journée au monde, il colore les nues de cette teinte charmante au lever du soleil.

Un jour nous montions avec peine le long d'un sentier rapide : l'aimable Rosalie était en avant ; son agilité lui donnait des ailes : nous ne pouvions la suivre. — Tout à coup, arrivée au sommet d'un tertre, elle se tourna vers nous pour reprendre haleine, et sourit à notre lenteur. — Jamais peut-être les deux couleurs dont je fais l'éloge n'avaient ainsi triomphé. — Ses joues enflammées, ses lèvres de corail, ses dents brillantes, son cou d'albâtre, sur un fond de verdure, frappèrent tous les regards. — Il fallut nous arrêter pour la contempler : je ne dis rien de ses yeux bleus, ni du regard qu'elle jeta sur nous, parce que je sortirais de mon sujet, et que d'ailleurs je n'y pense jamais que le moins qu'il m'est possible. Il me suffit d'avoir donné le plus bel exemple imaginable de la supériorité de ces deux couleurs sur toutes les autres, et de leur influence sur le bonheur des hommes.

Je n'irai pas plus avant aujourd'hui. Quel sujet pourrais-je traiter qui ne fût insipide? Quelle idée n'est pas effacée par cette idée? — Je ne sais même quand je pourrai me remettre à l'ouvrage. — Si je le continue, et que le lecteur désire en voir la fin, qu'il s'adresse à l'ange distributeur des pensées, et qu'il le prie de ne plus mêler l'image de ce tertre parmi la foule de pensées décousues qu'il me jette à tout instant.

Sans cette précaution, c'en est fait de mon voyage.

XII

. . . .
. . . .
. . . . . le tertre . . . . . .
. . . .
. . . .
. . . .

XIII

Les efforts sont vains; il faut remettre la
partie et séjourner ici malgré moi : c'est une
étape militaire.

XIV

J'ai dit que j'aimais singulièrement à méditer dans la douce chaleur de mon lit, et que sa couleur agréable contribue beaucoup au plaisir que j'y trouve.

Pour me procurer ce plaisir, mon domestique a reçu l'ordre d'entrer dans ma chambre une demi-heure avant celle où j'ai résolu de me lever. Je l'entends marcher légèrement et *tripoter* dans ma chambre avec discrétion, et ce bruit me donne l'agrément de me sentir sommeiller : plaisir délicat et inconnu de bien des gens.

On est assez éveillé pour s'apercevoir qu'on ne l'est pas tout à fait et pour calculer confusément que l'heure des affaires et des ennuis est

encore dans le sablier du temps. Insensiblement mon homme devient plus bruyant; il est
si difficile de se contraindre! d'ailleurs il sait
que l'heure fatale s'approche. — Il regarde à
ma montre, et fait sonner les breloques pour
m'avertir; mais je fais la sourde oreille; et,
pour allonger encore cette heure charmante, il
n'est sorte de chicane que je ne fasse à ce pauvre malheureux. J'ai cent ordres préliminaires
à lui donner pour gagner du temps. Il sait fort
bien que ces ordres, que je lui donne d'assez
mauvaise humeur, ne sont que des prétextes
pour rester au lit sans paraître le désirer. Il ne
fait pas semblant de s'en apercevoir, et je lui
en suis vraiment reconnaissant.

Enfin, lorsque j'ai épuisé toutes mes ressources, il s'avance au milieu de ma chambre,
et se plante là, les bras croisés, dans la plus
parfaite immobilité.

On m'avouera qu'il n'est pas possible de
désapprouver ma pensée avec plus d'esprit et

de discrétion : aussi je ne résiste jamais à cette invitation tacite ; j'étends les bras pour lui témoigner que j'ai compris, et me voilà assis.

Si le lecteur réfléchit sur la conduite de mon domestique, il pourra se convaincre que, dans certaines affaires délicates, du genre de celle-ci, la simplicité et le bon sens valent infiniment mieux que l'esprit le plus adroit. J'ose assurer que le discours le plus étudié sur les inconvénients de la paresse ne me déciderait pas à sortir aussi promptement de mon lit que le reproche muet de M. *Joannetti*.

C'est un parfait honnête homme que M. *Joannetti*, et en même temps celui de tous les hommes qui convenait le plus à un voyageur comme moi. Il est accoutumé aux fréquents voyages de mon âme, et ne rit jamais des inconséquences de *l'autre ;* il la dirige même quelquefois lorsqu'elle est seule ; en sorte qu'on pourrait dire alors qu'elle est conduite par deux âmes. Lorsqu'elle s'habille, par exemple,

il m'avertit par un signe qu'elle est sur le point
de mettre ses bas à l'envers, ou son habit avant
sa veste. — Mon âme s'est souvent amusée à
voir le pauvre *Joannetti* courir après la folle
sous les berceaux de la citadelle, pour l'avertir
qu'elle avait oublié son chapeau; — une autre
fois son mouchoir.

Un jour (l'avouerai-je?), sans ce fidèle domestique qui la rattrapa au bas de l'escalier,
l'étourdie s'acheminait vers la cour sans épée,
aussi hardiment que le grand maître des cérémonies portant l'auguste baguette.

XV

« Tiens, *Joannetti*, lui dis-je, raccroche ce portrait. » — Il m'avait aidé à le nettoyer, et ne se doutait non plus de tout ce qui a produit le chapitre du portrait que de ce qui se passe dans la lune. C'était lui qui de son propre mouvement m'avait présenté l'éponge mouillée, et qui, par cette démarche, en apparence indifférente, avait fait parcourir à mon âme cent millions de lieues en un instant. Au lieu de le remettre à sa place, il le tenait pour l'essuyer à son tour. — Une difficulté, un problème à résoudre, lui donnait un air de curiosité que je remarquai. — « Voyons, lui dis-je, que trouves-tu à redire dans ce portrait? — Oh! rien, monsieur. — Mais encore? » Il le posa

debout sur une des tablettes de mon bureau ;
puis, s'éloignant de quelques pas : « Je voudrais, dit-il, que monsieur m'expliquât pourquoi ce portrait me regarde toujours, quel que
soit l'endroit de la chambre où je me trouve.
. Le matin, lorsque je fais le lit, sa figure se
tourne vers moi, et si je vais à la fenêtre, elle
me regarde encore et me suit des yeux en chemin. — En sorte, *Joannetti*, lui dis-je, que,
si la chambre était pleine de monde, cette belle
dame lorgnerait de tout côté et tout le monde
à la fois ? — Oh ! oui, monsieur. — Elle sou-
rirait aux allants et aux venants tout comme à
moi ? » — *Joannetti* ne répondit rien. — Je
m'étendis dans mon fauteuil, et, baissant la
tête, je me livrai aux méditations les plus sé-
rieuses. — Quel trait de lumière ! Pauvre
amant ! tandis que tu te morfonds loin de ta
maîtresse, auprès de laquelle tu es peut-être
déjà remplacé ; tandis que tu fixes avidement
tes yeux sur son portrait et que tu t'imagines

(au moins en peinture) être le seul regardé, la perfide effigie, aussi infidèle que l'original, porte ses regards sur tout ce qui l'entoure, et sourit à tout le monde.

Voilà une ressemblance morale entre certains portraits et leur modèle, qu'aucun philosophe, aucun peintre, aucun observateur n'avait encore aperçue.

Je marche de découvertes en découvertes.

XVI

Joannetti était toujours dans la même attitude en attendant l'explication qu'il m'avait
demandée. Je sortis la tête des plis de mon
habit de voyage, où je l'avais enfoncée pour
me remettre des tristes réflexions que je venais
de faire. — « Ne vois-tu pas, *Joannetti*, lui
dis-je après un moment de silence, et tournant
mon fauteuil de son côté, ne vois-tu pas qu'un
tableau étant une surface plane, les rayons de
lumière qui partent de chaque point de cette
surface...? » *Joannetti*, à cette explication,
ouvrit tellement les yeux, qu'il en laissait voir
la prunelle tout entière; il avait en outre la
bouche entr'ouverte : ces deux mouvements
dans la figure humaine annoncent, selon le fa-

meux Le Brun, le dernier période de l'étonnement. C'était ma bête, sans doute, qui avait
entrepris une semblable dissertation ; mon âme
savait de reste que *Joannetti* ignore complétement ce que c'est qu'une surface plane, et
encore plus ce que sont des rayons de lumière :
la prodigieuse dilatation de ses paupières
m'ayant fait rentrer en moi-même, je me remis
la tête dans le collet de mon habit de voyage et
je l'y enfonçai tellement, que je parvins à la
cacher presque tout entière.

Je résolus de dîner en cet endroit : la matinée était fort avancée, un pas de plus dans
ma chambre aurait porté mon dîner à la nuit.
Je me glissai jusqu'au bord de mon fauteuil,
et, mettant les deux pieds sur la cheminée,
j'attendis patiemment le repas.—C'est une attitude délicieuse que celle-là : il serait, je crois,
bien difficile d'en trouver une autre qui réunît
autant d'avantages, et qui fût aussi commode
pour les séjours inévitables dans un long voyage.

Rosine, ma chienne fidèle, ne manque jamais de venir alors tirailler les basques de mon habit de voyage, pour que je la prenne sur moi ; elle y trouve un lit tout arrangé et fort commode, au sommet de l'angle que forment les deux parties de mon corps : un V consonne représente à merveille ma situation. *Rosine* s'élance sur moi, si je ne la prends pas assez tôt à son gré. Je la trouve souvent là sans savoir comment elle y est venue. Mes mains s'arrangent d'elles-mêmes de la manière la plus favorable à son bien-être, soit qu'il y ait une sympathie entre cette aimable bête et la mienne, soit que le hasard seul en décide ; — mais je ne crois point au hasard, à ce triste système, — à ce mot qui ne signifie rien. — Je croirais plutôt au magnétisme ; — je croirais plutôt au martinisme. — Non, je n'y croirai jamais.

Il y a une telle réalité dans les rapports qui existent entre ces deux animaux, que, lorsque je mets les deux pieds sur la cheminée, par pure distraction ; lorsque l'heure du dîner est encore éloignée, et que je ne pense nullement à prendre l'*étape*, toutefois *Rosine*, présente à ce mouvement, trahit le plaisir qu'elle éprouve en remuant légèrement la queue ; la discrétion la retient à sa place, et *l'autre*, qui s'en aperçoit, lui en sait gré : quoique incapables de raisonner sur la cause qui le produit, il s'établit ainsi entre elles un dialogue muet, un rapport de sensation très-agréable, et qui ne saurait absolument être attribué au hasard.

XVII

Qu'on ne me reproche pas d'être prolixe dans les détails, c'est la manière des voyageurs. Lorsqu'on part pour monter sur le mont Blanc, lorsqu'on va visiter la large ouverture du tombeau d'*Empédocle*, on ne manque jamais de décrire exactement les moindres circonstances : le nombre des personnes, celui des mulets, la quantité des provisions, l'excellent appétit des voyageurs, tout enfin, jusqu'aux faux pas des montures, est soigneusement enregistré dans le journal, pour l'instruction de l'univers sédentaire. Sur ce principe, j'ai résolu de parler de ma chère *Rosine*, aimable animal que j'aime d'une véritable affection, et de lui consacrer un chapitre tout entier.

Depuis six ans que nous vivons ensemble, il n'y a pas eu le moindre refroidissement entre nous; ou, s'il s'est élevé entre elle et moi quelques petites altercations, j'avoue de bonne foi que le plus grand tort a toujours été de mon côté, et que *Rosine* a toujours fait les premiers pas vers la réconciliation.

Le soir, lorsqu'elle a été grondée, elle se retire tristement et sans murmurer : le lendemain, à la pointe du jour, elle est auprès de mon lit, dans une attitude respectueuse; et, au moindre mouvement de son maître, au moindre signe de réveil, elle annonce sa présence par les battements précipités de sa queue sur ma table de nuit.

Et pourquoi refuserais-je mon affection à cet être caressant qui n'a jamais cessé de m'aimer depuis l'époque où nous avons commencé de vivre ensemble? Ma mémoire ne suffirait pas à faire l'énumération des personnes qui se sont intéressées à moi et qui m'ont oublié. J'ai eu quelques amis, plusieurs maîtresses, une foule de liaisons, encore plus de connaissances ; — et maintenant je ne suis plus rien pour tout ce monde, qui a oublié jusqu'à mon nom.

Que de protestations, que d'offres de services ! Je pouvais compter sur leur fortune, sur une amitié éternelle et sans réserve !

Ma chère *Rosine*, qui ne m'a point offert de services, me rend le plus grand service qu'on puisse rendre à l'humanité : elle m'aimait jadis, et m'aime encore aujourd'hui. Aussi, je ne crains point de le dire, je l'aime avec une portion du même sentiment que j'accorde à mes amis.

Qu'on en dise ce qu'on voudra.

XVIII

Nous avons laissé *Joannetti* dans l'attitude de l'étonnement, immobile devant moi, attendant la fin de la sublime explication que j'avais commencée.

Lorsqu'il me vit enfoncer tout à coup la tête dans ma robe de chambre, et finir ainsi mon explication, il ne douta pas un instant que je ne fusse resté court faute de bonnes raisons, et de m'avoir, par conséquent, terrassé par la difficulté qu'il m'avait proposée.

Malgré la supériorité qu'il en acquérait sur moi, il ne sentit pas le moindre mouvement d'orgueil, et ne chercha point à profiter de son avantage. — Après un petit moment de silence, il prit le portrait, le remit à sa place, et se re-

6

tira légèrement sur la pointe du pied. — Il
sentait bien que sa présence était une espèce
d'humiliation pour moi, et sa délicatesse lui
suggéra de se retirer sans m'en laisser apercevoir. — Sa conduite, dans cette occasion, m'intéressa vivement, et le plaça toujours plus avant
dans mon cœur. Il aura sans doute une place
dans celui du lecteur; et s'il en est quelqu'un
assez insensible pour la lui refuser après avoir
lu le chapitre suivant, le ciel lui a sans doute
donné un cœur de marbre.

« Morbleu ! lui dis-je un jour, c'est pour la troisième fois que je vous ordonne de m'acheter une brosse ! Quelle tête ! quel animal ! » — Il ne répondit pas un mot : il n'avait rien répondu la veille à une pareille incartade. « *Il est si exact !* » disais-je, je n'y concevais rien. — « Allez chercher un linge pour nettoyer mes souliers, » lui dis-je en colère. Pendant qu'il allait, je me repentais de l'avoir ainsi brusqué. Mon courroux passa tout à fait lorsque je vis le soin avec lequel il tâchait d'ôter la poussière de mes souliers sans toucher à mes bas : j'appuyai ma main sur lui en signe de réconciliation. — « Quoi ! dis-je alors en moi-même, il y a donc des hommes qui décrottent les souliers des

autres pour de l'argent? » Ce mot d'*argent* fut
un trait de lumière qui vint m'éclairer. Je me
ressouvins tout à coup qu'il y avait longtemps
que je n'en avais point donné à mon domestique. — « *Joannetti*, lui dis-je en retirant mon
pied, avez-vous de l'argent? » Un demi-sourire
de justification parut sur ses lèvres à cette demande. — « Non, monsieur; il y a huit jours
que je n'ai pas un sou; j'ai dépensé tout ce qui
m'appartenait pour vos petites emplettes. — Et
la brosse? C'est sans doute pour cela? » — Il
sourit encore. — Il aurait pu dire à son maître :
« Non, je ne suis point une tête vide, un *animal*, comme vous avez eu la cruauté de le dire
à votre fidèle serviteur. Payez-moi 23 livres 10
sous 4 deniers que vous me devez, et je vous
achèterai votre brosse. » — Il se laissa maltraiter injustement plutôt que d'exposer son maître
à rougir de sa colère.

Que le ciel le bénisse! Philosophes! chré-
tiens! avez-vous lu?

« Tiens, *Joannetti*, lui dis-je, tiens, cours acheter la brosse. — Mais, monsieur, voulez-vous rester ainsi avec un soulier blanc et l'autre noir?

— Va, te dis-je, acheter la brosse; laisse, laisse cette poussière sur mon soulier. » — Il sortit; je pris le linge et je nettoyai délicieusement mon soulier gauche, sur lequel je laissai tomber une larme de repentir.

6.

XX

Les murs de ma chambre sont garnis d'estampes et de tableaux qui l'embellissent singulièrement. Je voudrais de tout mon cœur les faire examiner au lecteur les uns après les autres, pour l'amuser et le distraire le long du chemin que nous devons encore parcourir pour arriver à mon bureau; mais il est aussi impossible d'expliquer clairement un tableau que de faire un portrait ressemblant d'après une description.

Quelle émotion n'éprouverait-il pas, par exemple, en contemplant la première estampe qui se présente aux regards! — Il y verrait la malheureuse *Charlotte*, essuyant lentement et d'une main tremblante les pistolets d'*Albert*. — De noirs pressentiments et toutes les angoisses de l'amour sans espoir et sans consolation sont empreints sur sa physionomie; tandis que le froid *Albert*, entouré de sacs de procès et de vieux papiers de toute espèce, se tourne froidement pour souhaiter un bon voyage à son ami. Combien de fois n'ai-je pas été tenté de briser la glace qui couvre cette estampe, pour arracher cet *Albert* de sa table, pour le mettre en pièces, le fouler aux pieds! Mais il restera toujours trop d'*Alberts* en ce monde. Quel est l'homme sensible qui n'a pas le sien, avec lequel il est obligé de vivre, et contre lequel les épanchements de l'âme, les douces émotions du cœur et les élans de l'imagination vont se briser comme les flots sur les rochers? Heureux celui qui trouve un ami dont le cœur et l'esprit lui conviennent; un ami qui s'unisse à lui par une conformité de goûts, de sentiments et de connaissances; un ami qui ne soit pas tourmenté par l'ambition ou l'intérêt; — qui préfère l'ombre d'un arbre à la pompe d'une cour! — Heureux celui qui possède un ami!

XXI

J'en avais un : la mort me l'a ôté ; elle l'a
saisi au commencement de sa carrière, au moment où son amitié était devenue un besoin
pressant pour mon cœur. — Nous nous soute-
nions mutuellement dans les travaux pénibles
de la guerre ; nous n'avions qu'une pipe à nous
deux ; nous buvions dans la même coupe ; nous
couchions sous la même toile, et, dans les circonstances malheureuses où nous sommes, l'endroit où nous vivions ensemble était pour nous
une nouvelle patrie : je l'ai vu en butte à tous
les périls de la guerre, et d'une guerre désastreuse. — La mort semblait nous épargner l'un
pour l'autre : elle épuisa mille fois ses traits
autour de lui sans l'atteindre ; mais c'était pour

me rendre sa perte plus sensible. Le tumulte
des armes, l'enthousiasme qui s'empare de l'âme
à l'aspect du danger, auraient peut-être empê-
ché ses cris d'aller jusqu'à mon cœur. — Sa
mort eût été utile à son pays et funeste aux ennemis : — je l'aurais moins regretté. — Mais le
perdre au milieu des délices d'un quartier
d'hiver ! le voir expirer dans mes bras au moment où il paraissait regorger de santé ; au moment où notre liaison se resserrait encore dans
le repos et la tranquillité ! — Ah ! je ne m'en
consolerai jamais ! Cependant sa mémoire ne vit
plus que dans mon cœur ; elle n'existe plus parmi ceux qui l'environnaient et qui l'ont remplacé ; cette idée me rend plus pénible le sentiment de sa perte. La nature, indifférente de
même au sort des individus, remet sa robe
brillante du printemps, et se pare de toute sa
beauté autour du cimetière où il repose. Les
arbres se couvrent de feuilles et entrelacent
leurs branches ; les oiseaux chantent sous le

feuillage; les mouches bourdonnent parmi les fleurs; tout respire la joie et la vie dans le séjour de la mort: — et le soir, tandis que la lune brille dans le ciel, et que je médite près de ce triste lieu, j'entends le grillon poursuivre gaiement son chant infatigable, caché sous l'herbe qui couvre la tombe silencieuse de mon ami. La destruction insensible des êtres et tous les malheurs de l'humanité sont comptés pour rien dans le grand tout. — La mort d'un homme sensible qui expire au milieu de ses amis désolés, et celle d'un papillon que l'air froid du matin fait périr dans le calice d'une fleur, sont deux époques semblables dans le cours de la nature. L'homme n'est rien qu'un fantôme, une ombre, une vapeur qui se dissipe dans les airs...

Mais l'aube matinale commence à blanchir le ciel; les noires idées qui m'agitaient s'évanouissent avec la nuit, et l'espérance renaît dans mon cœur. — Non, celui qui inonde ainsi l'orient de lumière ne l'a point fait briller à mes regards pour me plonger bientôt dans la nuit du néant. Celui qui étendit cet horizon incommensurable, celui qui éleva ces masses énormes, dont le soleil dore les sommets glacés, est aussi celui qui a ordonné à mon cœur de battre et à mon esprit de penser.

Non, mon ami n'est point entré dans le néant; quelle que soit la barrière qui nous sépare, je le reverrai. — Ce n'est point sur un syllogisme que je fonde mon espérance. — Le vol d'un insecte qui traverse les airs suffit pour me persuader; et souvent l'aspect de la campagne, le parfum des airs et je ne sais quel charme répandu autour de moi élèvent tellement mes pensées qu'une preuve invincible de l'immortalité entre avec violence dans mon âme et l'occupe tout entière.

XXII

Depuis longtemps le chapitre que je viens
d'écrire se présentait à ma plume, et je l'avais
toujours rejeté. Je m'étais promis de ne laisser voir dans ce livre que la face riante de mon
âme ; mais ce projet m'a échappé comme tant
d'autres : j'espère que le lecteur sensible me
pardonnera de lui avoir demandé quelques
larmes ; et si quelqu'un trouve qu'à *la vérité* [1]
j'aurais pu retrancher ce triste chapitre, il peut
le déchirer dans son exemplaire ou même jeter
le livre au feu.

Il me suf... que tu le trouves selon ton cœur,
ma chère *Jenny*, toi, la meilleure et la plus
aimée des femmes : — toi, la meilleure et la

1. Voyez le roman de *Werther*, lettre xxxviii, 12 août.

plus aimée des sœurs; c'est à toi que je dédie
mon ouvrage; s'il a ton approbation, il aura
celle de tous les cœurs sensibles et délicats; et
si tu pardonnes aux folies qui m'échappent
quelquefois malgré moi, je brave tous les cen-
seurs de l'univers.

XXIII

Je ne dirai qu'un mot de l'estampe suivante.

C'est la famille du malheureux *Ugolin* expirant de faim : autour de lui, un de ses fils est étendu sans mouvement à ses pieds ; les autres lui tendent leurs bras affaiblis et lui demandent du pain, tandis que le malheureux père, appuyé contre une colonne de la prison, l'œil fixe et hagard, le visage immobile, — dans l'horrible tranquillité que donne le dernier période du désespoir, meurt à la fois de sa mort et de celle de tous ses enfants, et souffre tout ce que la nature humaine peut souffrir.

Brave chevalier d'*Assas*, te voilà expirant sous cent baïonnettes, par un effort de courage, par un héroïsme qu'on ne connaît plus de nos jours !

Et toi qui pleures sous ces palmiers, malheureuse négresse! toi qu'un barbare, qui sans doute n'était pas Anglais, a trahie et délaissée; — que dis-je? toi qu'il a eu la cruauté de vendre comme une vile esclave malgré ton amour et tes services, malgré le fruit de sa tendresse que tu portes dans ton sein, — je ne passerai point devant ton image sans te rendre l'hommage qui est dû à ta sensibilité et à tes malheurs!

Arrêtons-nous un instant devant cet autre tableau: c'est une jeune bergère qui garde toute seule son troupeau sur le sommet des Alpes: elle est assise sur un vieux tronc de sapin renversé et blanchi par les hivers; ses pieds sont recouverts par les larges feuilles d'une touffe de *cacalia*, dont la fleur lilas s'élève au-dessus de sa tête. La lavande, le thym, l'anémone, la centaurée, des fleurs de toute espèce, qu'on cultive avec peine dans nos serres et nos jardins, et qui naissent sur les Alpes dans toute leur beauté primitive, forment le tapis brillant sur lequel errent ces brebis. — Aimable bergère, dis-moi où se trouve l'heureux coin de la terre que tu habites? de quelle bergerie éloignée es-tu partie ce matin au lever de l'aurore?—Ne pourrais-je y aller avec toi? —Mais, hélas! la douce tranquillité dont tu jouis ne tardera pas à s'évanouir: le démon de la guerre, non content de désoler les cités, va bientôt porter le trouble et l'épouvante jusque dans ta retraite solitaire. Déjà les soldats s'avancent; je les vois gravir de montagnes en montagnes, et s'approcher des nues. — Le bruit du canon se fait entendre dans le séjour élevé du tonnerre. — Fuis, bergère, presse ton troupeau, cache-toi dans les antres les plus reculés et les plus sauvages: il n'est plus de repos sur cette triste terre.

XXIV

Je ne sais comment cela m'arrive; depuis quelque temps mes chapitres finissent toujours sur un ton sinistre. En vain je fixe en les commençant mes regards sur quelque objet agréable, — en vain je m'embarque par le calme, j'essuie bientôt une bourrasque qui me fait dériver. — Pour mettre fin à cette agitation qui ne me laisse pas le maître de mes idées, et pour apaiser les battements de mon cœur que tant d'images attendrissantes ont trop agité, je ne vois d'autre remède qu'une dissertation. — Oui, je veux mettre ce morceau de glace sur mon cœur.

Et cette dissertation sera sur la peinture; car, de disserter sur tout autre objet, il n'y a point moyen. Je ne puis descendre tout à fait du point où j'étais monté tout à l'heure : d'ailleurs, c'est le *dada* de mon oncle *Tobie*.

Je voudrais dire, en passant, quelques mots sur la question de la prééminence entre l'art charmant de la peinture et celui de la musique : oui, je veux mettre quelque chose dans la balance, ne fût-ce qu'un grain de sable, un atome.

On dit en faveur du peintre qu'il laisse quelque chose après lui ; ses tableaux lui survivent et éternisent sa mémoire.

On répond que les compositeurs en musique laissent aussi des opéras et des concerts ; — mais la musique est assujettie à la mode, et la peinture ne l'est pas.

Les morceaux de musique qui attendrissaient nos aïeux sont ridicules pour les amateurs de nos jours, et on les place dans les opéras bouffons, pour faire rire les neveux de ceux qu'ils faisaient pleurer autrefois.

Les tableaux de *Raphaël* enchanteront notre postérité comme ils ont ravi nos ancêtres.

Voilà mon grain de sable.

XXV

« Mais que m'importe à moi, me dit un jour
madame de *Hautcastel*, que la musique de
Cherubini ou de *Cimarosa* diffère de celle de
leurs prédécesseurs? — Que m'importe que
l'ancienne musique me fasse rire, pourvu que la
nouvelle m'attendrisse délicieusement? — Est-
il donc nécessaire à mon bonheur que mes plaisirs ressemblent à ceux de ma trisaïeule? Que
me parlez-vous de peinture? d'un art qui n'est
goûté que par une classe très-peu nombreuse
de personnes, tandis que la musique enchante
tout ce qui respire? »

Je ne sais pas trop, dans ce moment, ce qu'on
pourrait répondre à cette observation, à laquelle
je ne m'attendais pas en commençant ce chapitre.

Si je l'avais prévue, peut-être je n'aurais pas entrepris cette dissertation. Et qu'on ne prenne point ceci pour un tour de musicien. — Je ne le suis point, sur mon honneur; — non, je ne suis pas musicien; j'en atteste le ciel et tous ceux qui m'ont entendu jouer du violon.

Mais, en supposant le mérite de l'art égal de part et d'autre, il ne faudrait pas se presser de conclure du mérite de l'art au mérite de l'artiste. — On voit des enfants toucher du clavecin en grands maîtres; on n'a jamais vu un bon peintre de douze ans. La peinture, outre le goût et le sentiment, exige une tête pensante, dont les musiciens peuvent se passer. On voit tous les jours des hommes sans tête et sans cœur tirer d'un violon, d'une harpe, des sons ravissants.

On peut élever la bête humaine à toucher du clavecin; et lorsqu'elle est élevée par un bon maître, l'âme peut voyager tout à son aise, tandis que les doigts vont machinalement tirer

7.

des sons dont elle ne se mêle nullement. — On
ne saurait, au contraire, peindre la chose du
monde la plus simple sans que l'âme y emploie
toutes ses facultés.

Si cependant quelqu'un s'avisait de distinguer entre la musique de composition et celle
d'exécution, j'avoue qu'il m'embarrasserait un
peu. Hélas ! si tous les faiseurs de dissertations
étaient de bonne foi, c'est ainsi qu'elles fini-
raient toutes. — En commençant l'examen
d'une question, on prend ordinairement le ton
dogmatique, parce qu'on est décidé en secret,
comme je l'étais réellement pour la peinture,
malgré mon hypocrite impartialité ; mais la discussion réveille l'objection, — et tout finit par
le doute.

XXVI

Maintenant que je suis plus tranquille, je vais tâcher de parler sans émotion des deux portraits qui suivent le tableau de *la Bergère des Alpes*.

Raphaël ! ton portrait ne pouvait être peint que par toi-même. Quel autre eût osé l'entreprendre ? — Ta figure ouverte, sensible, spirituelle, annonce ton caractère et ton génie.

Pour complaire à ton ombre, j'ai placé auprès de toi le portrait de ta maîtresse, à qui tous les hommes de tous les siècles demanderont éternellement compte des ouvrages sublimes dont ta mort prématurée a privé les arts.

Lorsque j'examine le portrait de *Raphaël*, je me sens pénétré d'un respect presque religieux pour ce grand homme qui, à la fleur de l'âge, avait surpassé toute l'antiquité, dont les tableaux font l'admiration et le désespoir des artistes modernes. — Mon âme, en l'admirant, éprouve un mouvement d'indignation contre cette Italienne qui préféra son amour à son amant, et qui éteignit dans son sein ce flambeau céleste, ce génie divin.

Malheureuse ! ne savais-tu donc pas que *Raphaël* avait annoncé un tableau supérieur à celui de *la Transfiguration ?* — Ignorais-tu que tu serrais dans tes bras le favori de la nature, le père de l'enthousiasme, un génie sublime, un dieu ?

Tandis que mon âme fait ces observations, sa *compagne*, en fixant un œil attentif sur la figure ravissante de cette funeste beauté, se sent toute prête à lui pardonner la mort de *Raphaël*.

En vain mon âme lui reproche son extravagante faiblesse, elle n'est point écoutée. — Il s'établit entre ces deux dames, dans ces sortes d'occasions, un dialogue singulier qui finit trop souvent à l'avantage du *mauvais principe*, et dont je réserve un échantillon pour un autre chapitre.

XXVII

Les estampes et les tableaux dont je viens de
parler pâlissent et disparaissent au premier
coup d'œil qu'on jette sur le tableau suivant :
les ouvrages immortels de *Raphaël*, de *Corrége*
et de toute l'École d'Italie ne soutiendraient pas
le parallèle. Aussi je le garde toujours pour le
dernier morceau, pour la pièce de réserve,
lorsque je procure à quelques curieux le plaisir
de voyager avec moi; et je puis assurer que,
depuis que je fais voir ce tableau sublime aux
connaisseurs et aux ignorants, aux gens du
monde, aux artisans, aux femmes et aux enfants, aux animaux mêmes, j'ai toujours vu les
spectateurs quelconques donner, chacun à sa
manière, des signes de plaisir et d'étonnement :

tant la nature y est admirablement rendue !

Eh ! quel tableau pourrait-on vous présenter, messieurs ; quel spectacle pourrait-on mettre sous vos yeux, mesdames, plus sûr de votre suffrage que la fidèle représentation de vous-mêmes ? Le tableau dont je parle est un miroir, et personne jusqu'à présent ne s'est avisé de le critiquer ; il est, pour tous ceux qui le regardent, un tableau parfait auquel il n'y a rien à redire.

On conviendra sans doute qu'il doit être compté pour une des merveilles de la contrée où je me promène.

Je passerai sous silence le plaisir qu'éprouve le physicien méditant sur les étranges phénomènes de la lumière qui représente tous les objets de la nature sur cette surface polie. Le miroir présente au voyageur sédentaire mille réflexions intéressantes, mille observations qui le rendent un objet utile et précieux.

Vous que l'amour a tenu ou tient encore sous

son empire, apprenez que c'est devant un miroir qu'il aiguise ses traits et médite ses cruautés; c'est là qu'il répète ses manœuvres, qu'il étudie ses mouvements, qu'il se prépare d'avance à la guerre qu'il veut déclarer; c'est là qu'il s'exerce aux doux regards, aux petites mines, aux bouderies savantes, comme un acteur s'exerce en face de lui-même avant de se présenter en public. Toujours impartial et vrai, un miroir renvoie aux yeux du spectateur les roses de la jeunesse et les rides de l'âge sans calomnier et sans flatter personne. — Seul entre tous les conseillers des grands, il leur dit constamment la vérité.

Cet avantage m'avait fait désirer l'invention d'un miroir moral, où tous les hommes pourraient se voir avec leurs vices et leurs vertus. Je songeais même à proposer un prix à quelque académie pour cette découverte, lorsque de mûres réflexions m'en ont prouvé l'inutilité.

Hélas ! il est si rare que la laideur se recon-
naisse et casse le miroir ! En vain les glaces se
multiplient autour de nous, et réfléchissent
avec une exactitude géométrique la lumière et
la vérité : au moment où les rayons vont péné-
trer dans notre œil et nous peindre tels que
nous sommes, l'amour-propre glisse son prisme
trompeur entre nous et notre image, et nous
présente une divinité.

Et de tous les prismes qui ont existé, depuis
le premier qui sortit des mains de l'immortel
Newton, aucun n'a possédé une force de réfrac-
tion aussi puissante et ne produit des couleurs
aussi agréables et aussi vives que le prisme de
l'amour-propre.

Or, puisque les miroirs communs annoncent
en vain la vérité, et que chacun est content de
sa figure ; puisqu'ils ne peuvent faire connaître
aux hommes leurs imperfections physiques, à
quoi servirait mon miroir moral ? Peu de monde
y jetterait les yeux, et personne ne s'y recon-

naîtrait, excepté les philosophes. — J'en doute même un peu.

En prenant le miroir pour ce qu'il est, j'espère que personne ne me blâmera de l'avoir placé au-dessus de tous les tableaux de l'École d'Italie. Les dames, dont le goût ne saurait être faux, et dont la décision doit tout régler, jettent ordinairement leur premier coup d'œil sur ce tableau lorsqu'elles entrent dans un appartement.

J'ai vu mille fois des dames, et même des damoiseaux, oublier au bal leurs amants ou leurs maîtresses, la danse et tous les plaisirs de la fête, pour contempler avec une complaisance marquée ce tableau enchanteur, — et l'honorer même de temps à autre d'un coup d'œil au milieu de la contredanse la plus animée.

Qui pourrait donc lui disputer le rang que je lui accorde parmi les chefs-d'œuvre de l'art d'Apelles?

XXVIII

J'étais enfin arrivé tout près de mon bureau ; déjà même, en allongeant le bras, j'aurais pu en toucher l'angle le plus voisin de moi, lorsque je me vis au moment de voir détruire le fruit de tous mes travaux et de perdre la vie. — Je devrais passer sous silence l'accident qui m'arriva, pour ne pas décourager les voyageurs ; mais il est si difficile de verser dans la chaise de poste dont je me sers, qu'on sera forcé de convenir qu'il faut être malheureux au dernier point, — aussi malheureux que je le suis, pour courir un semblable danger. Je me trouvais étendu par terre, complétement versé et renversé ; et cela si vite, si inopinément, que j'aurais été tenté de révoquer en doute mon malheur, si un tintement dans la tête et une violente douleur à l'épaule gauche ne m'en avaient trop évidemment prouvé l'authenticité.

Ce fut encore un mauvais tour de *ma moitié.*

— Effrayé par la voix d'un pauvre qui demanda tout à coup l'aumône à ma porte, et par les aboiements de *Rosine*, elle fit tourner brusquement mon fauteuil avant [que mon âme eût le temps de l'avertir qu'il manquait une brique derrière ; l'impulsion fut si violente, que ma chaise de poste se trouva absolument hors de son centre de gravité et se renversa sur moi.

Voici, je l'avoue, une des occasions où j'ai eu le plus à me plaindre de mon âme ; car, au lieu d'être fâchée de l'absence qu'elle venait de faire, et de tancer sa compagne sur sa précipitation, elle s'oublia au point de partager le ressentiment le plus *animal*, et de maltraiter de paroles ce pauvre innocent. — « *Fainéant, allez travailler !* » lui dit-elle (apostrophe exécrable, inventée par l'avare et cruelle richesse !

« *Monsieur*, dit-il alors pour m'attendrir, *je suis de Chambéry...* — Tant pis pour vous. — *Je suis Jacques ; c'est moi que vous avez vu à la campagne ; c'est moi qui menais les moutons aux champs...* — Que venez-vous faire ici ? » — Mon âme commençait à se repentir de la brutalité de mes premières paroles. — Je crois même qu'elle s'en était repentie un instant avant de les laisser échapper. C'est ainsi que, lorsqu'on rencontre inopinément dans sa course un fossé ou un bourbier, on le voit, mais on n'a plus le temps de l'éviter.

Rosine acheva de me ramener au bon sens et au repentir : elle avait reconnu *Jacques*, qui avait souvent partagé son pain avec elle, et lui témoignait, par ses caresses, son souvenir et sa reconnaissance.

Pendant ce temps, *Joannetti*, ayant rassemblé les restes de mon dîner, qui étaient destinés pour le sien, les donna sans hésiter à *Jacques*.

Pauvre *Joannetti!*

C'est ainsi que, dans mon voyage, je vais prenant des leçons de philosophie et d'humanité de mon domestique et de mon chien.

XXIX

Avant d'aller plus loin, je veux détruire un doute qui pourrait s'être introduit dans l'esprit de mes lecteurs.

Je ne voudrais pas, pour tout au monde, qu'on me soupçonnât d'avoir entrepris ce voyage uniquement pour ne savoir que faire, et forcé, en quelque manière, par les circonstances : j'avoue ici, et jure par tout ce qui m'est cher, que j'avais le dessein de l'entreprendre longtemps avant l'événement qui m'a fait perdre ma liberté pendant quarante-deux jours. Cette retraite forcée ne fut qu'une occasion de me mettre en route plus tôt.

Je sais que la protestation gratuite que je fais ici paraîtra suspecte à certaines personnes ;

— mais je sais aussi que les gens soupçonneux
ne liront pas ce livre : — ils ont assez d'occupation chez eux et chez leurs amis; ils ont bien
d'autres affaires : — et les bonnes gens me
croiront.

Je conviens cependant que j'aurais préféré
m'occuper de ce voyage dans un autre temps,
et que j'aurais choisi, pour l'exécuter, le carême
plutôt que le carnaval : toutefois, des réflexions
philosophiques, qui me sont venues du ciel,
m'ont beaucoup aidé à supporter la privation
des plaisirs que Turin présente en foule dans
ces moments de bruit et d'agitation. — Il est
très-sûr, me disais-je, que les murs de ma
chambre ne sont pas aussi magnifiquement
décorés que ceux d'une salle de bal : le silence
de ma *cabine* ne vaut pas l'agréable bruit de la
musique et de la danse; mais, parmi les bril-
lants personnages qu'on rencontre dans ces
fêtes, il en est certainement de plus ennuyés
que moi.

Et pourquoi m'attacherais-je à considérer ceux qui sont dans une situation plus agréable, tandis que le monde fourmille de gens plus malheureux que je ne le suis dans la mienne? — Au lieu de me transporter par l'imagination dans ce superbe *casin*, où tant de beautés sont éclipsées par la jeune *Eugénie*, pour me trouver heureux je n'ai qu'à m'arrêter un instant le long des rues qui y conduisent. — Un tas d'infortunés, couchés à demi nus sous les portiques de ces appartements somptueux, semblent près d'expirer de froid et de misère. — Quel spectacle! Je voudrais que cette page de mon livre fût connue de tout l'univers; je voudrais qu'on sût que, dans cette ville, où tout respire l'opulence, pendant les nuits les plus froides de l'hiver, une foule de malheureux dorment à découvert, la tête appuyée sur une borne ou sur le seuil d'un palais.

Ici, c'est un groupe d'enfants serrés les uns contre les autres pour ne pas mourir de froid.

8

— Là, c'est une femme tremblante et sans voix pour se plaindre. — Les passants vont et viennent, sans être émus d'un spectacle auquel ils sont accoutumés. — Le bruit des carrosses, la voix de l'intempérance, les sons ravissants de la musique, se mêlent quelquefois aux cris de ces malheureux, et forment une horrible dissonnance.

XXX

Celui qui se presserait de juger une ville d'après le chapitre précédent se tromperait fort. J'ai parlé des pauvres qu'on y trouve, de leurs cris pitoyables, et de l'indifférence de certaines personnes à leur égard; mais je n'ai rien dit de la foule d'hommes charitables qui dorment pendant que les autres s'amusent, qui se lèvent à la pointe du jour, et vont secourir l'infortune sans témoin et sans ostentation. — Non, je ne passerai pas cela sous silence : — je veux l'écrire sur le revers de la page *que tout l'univers doit lire.*

Après avoir ainsi partagé leur fortune avec leurs frères, après avoir versé le baume dans ces cœurs froissés par la douleur, ils vont dans les églises, tandis que le vice fatigué dort sur l'édredon, offrir à Dieu leurs prières et le remercier de ses bienfaits : la lumière de la lampe solitaire combat encore dans le temple celle du jour naissant, et déjà ils sont prosternés au pied des autels; — et l'Éternel, irrité de la dureté et de l'avarice des hommes, retient sa foudre prête à frapper !

XXXI

J'ai voulu dire quelque chose de ces malheureux dans mon voyage, parce que l'idée de leur misère est souvent venue me distraire en chemin. Quelquefois, frappé de la différence de leur situation et de la mienne, j'arrêtais tout à coup ma berline, et ma chambre me paraissait prodigieusement embellie. Quel luxe inutile! Six chaises! deux tables! un bureau! un miroir! quelle ostentation! Mon lit surtout, mon lit couleur de rose et blanc, et mes deux matelas, me semblaient défier la magnificence et la mollesse des monarques de l'Asie. — Ces réflexions me rendaient indifférents les plaisirs qu'on m'avait défendus : et, de réflexions en réflexions, mon accès de philosophie devenait

8.

tel, que j'aurais vu un bal dans la chambre voisine, que j'aurais entendu le son des violons et des clarinettes, sans remuer de ma place; — j'aurais entendu de mes deux oreilles la voix mélodieuse de *Marchesini*, cette voix qui m'a si souvent mis hors de moi-même, — oui, je l'aurais entendue sans m'ébranler : — bien plus, j'aurais regardé sans la moindre émotion la plus belle femme de Turin, *Eugénie* elle-même, parée de la tête aux pieds par les mains de mademoiselle *Rapous*[1]. — Cela n'est cependant pas bien sûr.

1. Fameuse marchande de modes à l'époque du *Voyage autour de ma chambre*.

XXXII

Mais, permettez-moi de vous le demander, messieurs, vous amusez-vous autant qu'autrefois au bal et à la comédie? — Pour moi, je vous l'avoue, depuis quelque temps toutes les assemblées nombreuses m'inspirent une certaine terreur. — J'y suis assailli par un songe sinistre. — En vain je fais mes efforts pour le chasser, il revient toujours, comme celui d'*Athalie*. — C'est peut-être parce que l'âme, inondée aujourd'hui d'idées noires et de tableaux déchirants, trouve partout des sujets de tristesse, comme un estomac vicié convertit en poisons les aliments les plus sains. — Quoi qu'il en soit, voici mon songe : — Lorsque je suis dans une de ces fêtes, au milieu de cette foule d'hommes aimables et caressants qui dansent, qui chantent, — qui pleurent aux tragédies, qui n'expriment que la joie, la franchise et la cordialité, je me dis : — Si dans cette assemblée polie, il entrait tout à coup un ours blanc, un philosophe, un tigre, ou quelque autre animal de cette espèce, et que, montant à l'orchestre, il s'écriât d'une voix forcenée : — « Malheureux humains ! écoutez la vérité qui vous parle par ma bouche : vous êtes opprimés, tyrannisés ; vous êtes malheureux ; vous vous ennuyez. — Sortez de cette léthargie !

« Vous, musiciens, commencez par briser ces instruments sur vos têtes ; que chacun s'arme d'un poignard : ne pensez plus désormais aux délassements et aux fêtes ; montez aux loges, égorgez tout le monde ; que les femmes trempent aussi leurs mains timides dans le sang !

» Sortez, vous êtes *libres* ; arrachez votre roi

de son trône, et votre Dieu de son sanctuaire ! »

— Eh bien, ce que le tigre a dit, combien de ces hommes *charmants* l'exécuteront? — Combien peut-être y pensaient avant qu'il entrât? Qui le sait? — Est-ce qu'on ne dansait pas à Paris il y a cinq ans [1]?

« *Joannetti*, fermez les portes et les fenêtres. — Je ne veux plus voir la lumière; qu'aucun homme n'entre dans ma chambre; — mettez mon sabre à la portée de ma main, — sortez vous-même, et ne reparaissez plus devant moi. »

---

1. On voit que ce chapitre fut écrit en 1794; il est aisé de s'apercevoir en lisant cet ouvrage qu'il fut laissé et repris.

XXXIII

« Non, non, reste, *Joannetti;* reste, pauvre garçon ; et toi aussi, ma *Rosine* ; toi qui devines mes peines et qui les adoucis par tes caresses ; viens, ma *Rosine*, viens. — V consonne et séjour. »

XXXIV

La chute de ma chaise de poste a rendu le service au lecteur de raccourcir mon voyage d'une bonne douzaine de chapitres, parce qu'en me relevant je me trouvai vis-à-vis et tout près de mon bureau, et que je ne fus plus à temps de faire des réflexions sur le nombre d'estampes et de tableaux que j'avais encore à parcourir, et qui auraient pu allonger mes excursions sur la peinture.

En laissant donc sur la droite les portraits de *Raphaël* et de sa maîtresse, le chevalier d'*Assas* et la *Bergère des Alpes*, et longeant sur la gauche du côté de la fenêtre, on découvre mon bureau : c'est le premier objet et le plus apparent qui se présente aux regards du voyageur, en suivant la route que je viens d'indiquer.

Il est surmonté de quelques tablettes servant de bibliothèque ; — le tout est couronné par un buste qui termine la pyramide, et c'est l'objet qui contribue le plus à l'embellissement du pays.

En tirant le premier tiroir à droite, on trouve une écritoire, du papier de toute espèce, des plumes toutes taillées, de la cire à cacheter. — Tout cela donnerait l'envie d'écrire à l'être le plus indolent. — Je suis sûr, ma chère *Jenny*, que si tu venais à ouvrir ce tiroir par hasard, tu répondrais à la lettre que je t'écrivis l'an passé. — Dans le tiroir correspondant gisent confusément entassés les matériaux de l'histoire attendrissante de la prisonnière de Pignerol, que vous lirez bientôt, mes chers amis [1].

Entre ces deux tiroirs est un enfoncement où

---

1. L'auteur n'a pas tenu parole ; et si quelque chose a paru sous ce titre, l'auteur du *Voyage autour de ma chambre* déclare qu'il n'y entre pour rien.

je jette les lettres à mesure que je les reçois : on trouve là toutes celles que j'ai reçues depuis dix ans; les plus anciennes sont rangées, selon leurs dates, en plusieurs paquets : les nouvelles sont pêle-mêle; il m'en reste plusieurs qui datent de ma première jeunesse.

Quel plaisir de revoir dans ces lettres les situations intéressantes de nos jeunes années, d'être transportés de nouveau dans ces temps heureux que nous ne reverrons plus!

Ah! mon cœur est plein! comme il jouit tristement lorsque mes yeux parcourent les lignes tracées par un être qui n'existe plus! Voilà ses caractères, c'est son cœur qui conduisait sa main, c'est à moi qu'il écrivait cette lettre, et cette lettre est tout ce qui me reste de lui!

Lorsque je porte la main dans ce réduit, il est rare que je m'en tire de toute la journée. C'est ainsi que le voyageur traverse rapidement quelques provinces d'Italie, en faisant à la hâte quelques observations superficielles, pour se fixer à Rome pendant des mois entiers. — C'est la veine la plus riche de la mine que j'exploite. Quel changement dans mes idées et dans mes sentiments! quelle différence dans mes amis! Lorsque je les examine alors et aujourd'hui, je les vois mortellement agités pour des projets qui ne les touchent plus maintenant. Nous regardions comme un très-grand malheur un événement; mais la fin de la lettre manque, et l'événement est complétement oublié : je ne puis savoir de quoi il était question. — Mille préjugés nous assiégeaient; le monde et les hommes nous étaient totalement inconnus; mais aussi quelle chaleur dans notre commerce! quelle liaison intime! quelle confiance sans bornes!

Nous étions heureux par nos erreurs. — Et maintenant : — Ah! ce n'est pas cela; il nous a fallu lire, comme les autres, dans le cœur humain; — et la vérité, tombant au milieu de nous comme une bombe, a détruit pour toujours le palais enchanté de l'illusion.

XXXV

Il ne tiendrait qu'à moi de faire un chapitre sur cette rose sèche que voilà, si le sujet en valait la peine : c'est une fleur du carnaval de l'année dernière. J'allai moi-même la cueillir dans les serres du *Valentin*, et le soir, une heure avant le bal, plein d'espérance et dans une agréable émotion, j'allai la présenter à madame de *Hautcastel*. Elle la prit, — la posa sur sa toilette, sans la regarder et sans me regarder moi-même. — Mais comment aurait-elle fait attention à moi ! elle était occupée à se regarder elle-même. Debout devant un grand miroir, toute coiffée, elle mettait la dernière main à sa parure : elle était si fort préoccupée, son attention était si totalement absorbée par des rubans, des gazes et des pompons de toute espèce amoncelés devant elle, que je n'obtins pas même un regard, un signe. — Je me résignai : je tenais humblement des épingles toutes prêtes, arrangées dans ma main ; mais son carreau se trouvant plus à sa portée, elle les prenait à son carreau, — et si j'avançais la main, elle les prenait de ma main — indifféremment ; — et pour les prendre elle tâtonnait, sans ôter les yeux de son miroir, de crainte de se perdre de vue.

Je tins quelque temps un second miroir derrière elle, pour lui faire mieux juger de sa parure ; et sa physionomie se répétant d'un miroir à l'autre, je vis alors une perspective de coquettes, dont aucune ne faisait attention à moi. Enfin, l'avouerai-je ? nous faisions, ma rose et moi, une fort triste figure.

Je finis par perdre patience, et ne pouvant plus résister au dépit qui me dévorait, je posai le miroir que je tenais à ma main, et je sortis d'un air de colère, et sans prendre congé.

« *Vous en allez-vous ?* » me dit-elle en se tournant de ce côté pour voir sa taille de profil. — Je ne répondis rien; mais j'écoutai quelque temps à la porte, pour savoir l'effet qu'allait produire ma brusque sortie. — « *Ne voyez-vous pas*, disait-elle à sa femme de chambre, après un moment de silence, *ne voyez-vous pas que ce caraco est beaucoup trop large pour ma taille, surtout en bas, et qu'il y faut faire une baste avec des épingles ?* [1] »

Comment et pourquoi cette rose sèche se trouve là sur une tablette de mon bureau, c'est ce que je ne vous dirai certainement pas, parce que j'ai déclaré qu'une rose sèche ne méritait pas un chapitre.

Remarquez bien, mesdames, que je ne fais aucune réflexion sur l'aventure de la rose sèche. Je ne dis pas que madame de *Hautcastel* ait bien ou mal fait de me préférer sa parure,

1. Terme national employé en badinant pour *rempli*.

ni que j'eusse le droit d'être reçu autrement.

Je me garde encore avec plus de soin d'en tirer des conséquences générales sur la réalité, la force et la durée de l'affection des dames pour leurs amis. — Je me contente de jeter ce chapitre (puisque c'en est un), de le jeter, dis-je, dans le monde, avec le reste du voyage, sans l'adresser à personne, et sans le recommander à personne.

Je n'ajouterai qu'un conseil pour vous, messieurs : c'est de vous mettre bien dans l'esprit qu'un jour de bal votre maîtresse n'est plus à vous.

Au moment où la parure commence, l'amant n'est plus qu'un mari, et le bal seul devient l'amant.

Tout le monde sait du reste ce que gagne un mari à vouloir se faire aimer par force; prenez donc votre mal en patience et en riant.

Et ne vous faites pas illusion, monsieur : si l'on vous voit avec plaisir au bal, ce n'est point

en votre qualité d'amant, car vous êtes un mari ;
c'est parce que vous faites partie du bal, et que
vous êtes, par conséquent, une fraction de sa
nouvelle conquête ; vous êtes une *décimale* d'a-
mant : ou bien, peut-être, c'est parce que vous
dansez bien, et que vous la ferez briller : enfin,
ce qu'il peut y avoir de plus flatteur pour vous
dans le bon accueil qu'elle vous fait, c'est qu'elle
espère qu'en déclarant pour son amant un
homme de mérite comme vous, elle excitera la
jalousie de ses compagnes ; sans cette considé-
ration, elle ne vous regarderait seulement pas.

Voilà donc qui est entendu ; il faudra vous
résigner et attendre que votre rôle de mari soit
passé. — J'en connais plus d'un qui voudrait
en être quitte à si bon marché.

XXXVI

J'ai promis un dialogue entre mon âme et l'*autre;* mais il est certains chapitres qui m'échappent, ou plutôt il en est d'autres qui coulent de ma plume comme malgré moi, et qui déroutent mes projets : de ce nombre est celui de ma bibliothèque, que je ferai le plus court possible. Les quarante-deux jours vont finir, et un espace de temps égal ne suffirait pas pour achever la description du riche pays où je voyage si agréablement.

Ma bibliothèque donc est composée de romans, puisqu'il faut vous le dire, — oui, de romans, et de quelques poëtes choisis.

Comme si je n'avais pas assez de mes maux, je partage encore volontairement ceux de mille personnages imaginaires, et je les sens aussi vivement que les miens : que de larmes n'ai-je pas versées pour cette malheureuse *Clarisse* et pour l'amant de *Charlotte!*

Mais si je cherche ainsi de feintes afflictions, je trouve, en revanche, dans ce monde imaginaire, la vertu, la bonté, le désintéressement, que je n'ai pas encore trouvés réunis dans le monde réel où j'existe. — J'y trouve une femme comme je la désire, sans humeur, sans légèreté, sans détour : je ne dis rien de la beauté; on peut s'en fier à mon imagination : je la fais si belle, qu'il n'y a rien à redire. Ensuite, fermant le livre qui ne répond plus à mes idées, je la prends par la main, et nous parcourons ensemble un pays mille fois plus délicieux que celui d'Éden. Quel peintre pourrait représenter le paysage enchanté où j'ai placé la divinité de mon cœur? et quel poëte pourra jamais décrire les sensations vives et variées que j'éprouve dans ces régions enchantées?

9.

Combien de fois n'ai-je pas maudit ce *Cleve-land*, qui s'embarque à tout instant dans de nouveaux malheurs qu'il pourrait éviter ! — Je ne puis souffrir ce livre et cet enchaînement de calamités ; mais si je l'ouvre par distraction, il faut que je le dévore jusqu'à la fin.

Comment laisser ce pauvre homme chez les *Abaquis ?* que deviendrait-il avec ces sauvages ? J'ose encore moins l'abandonner dans l'excursion qu'il fait pour sortir de sa captivité.

Enfin, j'entre tellement dans ses peines, je m'intéresse si fort à lui et à sa famille infortunée, que l'apparition inattendue des féroces *Ruintons* me fait dresser les cheveux : une sueur froide me couvre lorsque je lis ce passage, et ma frayeur est aussi vive, aussi réelle que si je devais être rôti moi-même et mangé par cette canaille.

Lorsque j'ai assez pleuré et fait l'amour, je cherche quelque poëte, et je pars de nouveau pour un autre monde.

XXXVII

Depuis l'expédition des Argonautes jusqu'à l'assemblée des Notables, depuis le fin fond des enfers jusqu'à la dernière étoile fixe au delà de la voie lactée, jusqu'aux confins de l'univers, jusqu'aux portes du chaos, voilà le vaste champ où je me promène en long et en large, et tout à loisir; car le temps ne me manque pas plus que l'espace. C'est là que je transporte mon existence, à la suite d'*Homère*, de *Milton*, de *Virgile*, d'*Ossian*, etc.

Tous les événements qui ont lieu entre ces deux époques, tous les pays, tous les mondes et tous les êtres qui ont existé entre ces deux termes, tout cela est à moi, tout cela m'appartient aussi bien, aussi légitimement que les

vaisseaux qui entraient dans le *Pirée* apparte-
naient à un certain Athénien.

J'aime surtout les poëtes qui me transpor-
tent dans la plus haute antiquité : la mort de
l'ambitieux *Agamemnon*, les fureurs d'*Oreste*
et toute l'histoire tragique de la famille des
Atrées, persécutée par le ciel, m'inspirent une
terreur que les événements modernes ne sauraient faire naître en moi.

Voilà l'urne fatale qui contient les cendres
d'*Oreste*. Qui ne frémirait à cet aspect? *Électre!*
malheureuse sœur, apaise-toi : c'est *Oreste* lui-
même qui apporte l'urne, et ces cendres sont
celles de ses ennemis.

On ne retrouve plus maintenant de rivages
semblables à ceux du *Xanthe* ou du *Scamandre;*
— on ne voit plus de plaines comme celles de
l'*Hespérie* ou de l'*Arcadie*. Où sont aujourd'hui
les îles de *Lemnos* ou de *Crète?* Où est le fameux labyrinthe? Où est le rocher qu'*Ariane*
délaissée arrosait de ses larmes? — On ne voit

plus de *Thésées*, encore moins d'*Hercules*; les hommes et même les héros d'aujourd'hui sont des pygmées.

Lorsque je veux me donner ensuite une scène d'enthousiasme, et jouir de toutes les forces de mon imagination, je m'attache hardiment aux plis de la robe flottante du sublime aveugle d'Albion, au moment où il s'élance dans le ciel, et qu'il ose approcher du trône de l'Éternel. — Quelle muse a pu le soutenir à cette hauteur, où nul homme avant lui n'avait osé porter ses regards! — De l'éblouissant parvis céleste que l'avare *Mammon* regardait avec des yeux d'envie, je passe avec horreur dans les vastes cavernes du séjour de Satan; — j'assiste au conseil infernal, je me mêle à la foule des esprits rebelles, et j'écoute leurs discours.

Mais il faut que j'avoue ici une faiblesse que je me suis souvent reprochée.

Je ne puis m'empêcher de prendre un certain intérêt à ce pauvre Satan (je parle du Satan de *Milton*) depuis qu'il est ainsi précipité du ciel. Tout en blâmant l'opiniâtreté de l'esprit rebelle, j'avoue que la fermeté qu'il montre dans l'excès du malheur et la grandeur de son courage me forcent à l'admiration malgré moi. — Quoique je n'ignore pas les malheurs dérivés de la funeste entreprise qui le conduisit à forcer les portes des enfers pour venir troubler le ménage de nos premiers parents, je ne puis quoi que je fasse, souhaiter un moment de le voir périr en chemin dans la confusion du chaos. Je crois même que je l'aiderais volontiers, sans la honte qui me retient. Je suis tous ses mouvements, et je trouve autant de plaisir à voyager avec lui que si j'étais en bonne compagnie. J'ai beau réfléchir qu'après tout c'est un diable, qu'il est en chemin de perdre le genre humain, que c'est un vrai démocrate, non de ceux d'Athènes, mais de Paris, tout cela ne peut me guérir de ma prévention.

Quel vaste projet! et quelle hardiesse dans l'exécution!

Lorsque les spacieuses et triples portes des enfers s'ouvrirent tout à coup devant lui à deux battants, et que la profonde fosse du néant et de la nuit parut à ses pieds dans toute son hor- reur, — il parcourut d'un œil intrépide le sombre empire du chaos; et, sans hésiter, ou- vrant ses vastes ailes, qui auraient pu couvrir une armée entière, il se précipita dans l'abîme.

Je le donne en quatre au plus hardi. — Et c'est, selon moi, un des beaux efforts de l'ima- gination, comme un des plus beaux voyages qui aient jamais été faits, — après le voyage autour de ma chambre.

XXXVIII

Je ne finirais pas si je voulais décrire la mil-
lième partie des événements singuliers qui
m'arrivent lorsque je voyage près de ma bibliothèque; les voyages de *Cook* et les observations de ses compagnons de voyage, les docteurs *Banks* et *Salander*, ne sont rien en comparaison de mes aventures dans ce seul dis-
trict : aussi je crois que j'y passerais ma vie
dans une espèce de ravissement, sans le buste
dont j'ai parlé, sur lequel mes yeux et mes
pensées finissent toujours par se fixer, quelle
que soit la situation de mon âme ; et lorsqu'elle
est trop violemment agitée, ou qu'elle s'abandonne au découragement, je n'ai qu'à regarder
ce buste pour la remettre dans son assiette na-

turelle : c'est le *diapason* avec lequel j'accorde l'assemblage variable et discord de sensations et de perceptions qui forme mon existence.

Comme il est ressemblant ! — Voilà bien les traits que la nature avait donnés au plus vertueux des hommes. Ah! si le sculpteur avait pu rendre visibles son âme excellente, son génie et son caractère ! — Mais qu'ai-je entrepris? Est-ce donc ici le lieu de faire son éloge? Est-ce aux hommes qui m'entourent que je l'adresse? Eh! que leur importe?

Je me contente de me prosterner devant ton image chérie, ô le meilleur des pères? Hélas! cette image est tout ce qui me reste de toi et de ma patrie : tu as quitté la terre au moment où le crime allait l'envahir; et tels sont les maux dont il nous accable, que ta famille elle-même est contrainte de regarder aujourd'hui ta perte comme un bienfait. Que de maux t'eût fait éprouver une plus longue vie! O mon père! le sort de ta nombreuse famille est-il connu de toi dans le séjour du bonheur? Sais-tu que tes enfants sont exilés de cette patrie que tu as servie pendant soixante ans avec tant de zèle et d'intégrité? Sais-tu qu'il leur est défendu de visiter ta tombe? — Mais la tyrannie n'a pu leur enlever la partie la plus précieuse de ton héritage, le souvenir de tes vertus et la force de tes exemples : au milieu du torrent criminel qui entraînait leur patrie et leur fortune dans le gouffre, ils sont demeurés inaltérablement unis sur la ligne que tu leur avais tracée; et lorsqu'ils pourront encore se prosterner sur ta cendre vénérée, elle les reconnaîtra toujours.

XXXIX

J'ai promis un dialogue, je tiens parole. —
C'était un matin à l'aube du jour : les rayons du
soleil doraient à la fois le sommet du mont Véso
et celui des montagnes les plus élevées de l'île
qui est à nos antipodes ; et déjà *elle* était éveillée,
soit que son réveil prématuré fût l'effet des
visions nocturnes qui la mettent souvent dans
une agitation aussi fatigante qu'inutile, soit que
le carnaval, qui tirait alors vers sa fin, fût la
cause occulte de son réveil, ce temps de plaisir
et de folie ayant une influence sur la machine
humaine comme les phases de la lune et de la
conjonction de certaines planètes. — Enfin, *elle*
était éveillée et très-éveillée, lorsque mon âme
se débarrassa des liens du sommeil.

Depuis longtemps celle-ci partageait confusément les sensations de *l'autre;* mais elle était
encore embarrassée dans les crêpes de la nuit
et du sommeil; et ces crêpes lui semblaient
transformés en gazes, en linons, en toile des
Indes. — Ma pauvre âme était donc empaquetée
dans tout cet attirail; et le dieu du sommeil,
pour la retenir plus fortement dans son
empire, ajoutait à ses liens des tresses de
cheveux blonds en désordre, des nœuds de
rubans, des colliers de perles : c'était une pitié
pour qui l'aurait vue se débattre dans ces filets.

L'agitation de la plus noble partie de moi-
même se communiquait à *l'autre*, et celle-ci à
son tour agissait puissamment sur mon âme. —
J'étais parvenu tout entier à un état difficile à
décrire, lorsque enfin mon âme, soit par
sagacité, soit par hasard, trouva la manière de
se délivrer des gazes qui la suffoquaient. Je ne
sais si elle rencontra une ouverture, ou si elle
s'avisa simplement de les relever, ce qui est plus

naturel; le fait est qu'elle trouva l'issue du labyrinthe. Les tresses de cheveux en désordre étaient toujours là; mais ce n'était plus un *obstacle*, c'était plutôt un *moyen* : mon âme le saisit, comme un homme qui se noie s'accroche aux herbes du rivage; mais le collier de perles se rompit dans l'action, et les perles se défilant roulèrent sur le sofa et de là sur le parquet de madame de *Hautcastel;* car mon âme, par une bizarrerie dont il serait difficile de rendre raison, s'imaginait être chez cette dame : un gros bouquet de violettes tomba par terre, et mon âme, s'éveillant alors, rentra chez elle, amenant à sa suite la raison et la réalité. Comme on l'imagine, elle désapprouva fortement tout ce qui s'était passé en son absence, et c'est ici que commence le **dialogue** qui fait le sujet de ce chapitre.

Jamais mon âme n'avait été si mal reçue. Les reproches qu'elle s'avisa de faire dans ce moment critique achevèrent de brouiller le ménage : ce fut une révolte, une insurrection formelle.

« Quoi donc! dit mon âme, c'est ainsi que pendant mon absence, au lieu de réparer vos forces par un sommeil paisible, et vous rendre par là plus propre à exécuter mes ordres, vous vous avisez *insolemment* (le terme était un peu fort) de vous livrer à des transports que ma volonté n'a pas sanctionnés? »

Peu accoutumée à ce ton de hauteur, *l'autre* lui repartit en colère :

« Il vous sied bien, Madame (pour éloigner de la discussion toute idée de familiarité), il vous sied bien de vous donner des airs de décence et de vertu! Eh! n'est-ce pas aux écarts de votre imagination et à vos extravagantes idées que je dois tout ce qui déplaît en moi? Pourquoi n'étiez-vous pas là? — Pourquoi auriez-vous le droit de jouir sans moi, dans les fréquents voyages que vous faites toute seule? — Ai-je jamais désapprouvé vos séances dans l'empyrée ou dans les champs Élysées, vos conversations avec les intelligences, vos spéculations profondes (un peu de raillerie, comme on voit), vos châteaux en Espagne, vos systèmes sublimes? Et je n'aurais pas le droit, lorsque vous m'abandonnez ainsi, de jouir des bienfaits que m'accorde la nature et des plaisirs qu'elle me présente? »

Mon âme, surprise de tant de vivacité et d'éloquence, ne savait que répondre. — Pour arranger l'affaire, elle entreprit de couvrir du voile de la bienveillance les reproches qu'*elle* venait de se permettre; et, afin de ne pas avoir l'air de faire les premiers pas vers la réconciliation, elle imagina de prendre aussi le ton de cérémonie.

— « MADAME, » dit-elle à son tour avec une cordialité affectée... — (Si le lecteur a trouvé ce mot déplacé lorsqu'il s'adressait à son âme, que dira-t-il maintenant, pour peu qu'il veuille se rappeler le sujet de la dispute? — Mon âme ne sentit point l'extrême ridicule de cette façon de parler, tant la passion obscurcit l'intelligence!) — « MADAME, dit-elle donc, je vous assure que rien ne me ferait autant de plaisir que de vous voir jouir de tous les plaisirs dont votre nature est susceptible, quand même je ne les partagerais pas, si ces plaisirs ne vous étaient pas nuisibles et s'ils n'altéraient pas l'harmonie qui... » Ici mon âme fut interrompue vivement : — « Non, non, je ne suis point la dupe de votre bienveillance supposée : — le séjour forcé que nous faisons ensemble dans cette chambre où nous voyageons ; la blessure que j'ai reçue, qui a failli me détruire et qui saigne encore ; tout cela n'est-il pas le fruit de votre orgueil extravagant et de vos préjugés barbares ? Mon bien-être et mon existence même sont comptés pour rien lorsque vos passions vous entraînent, — et vous prétendez vous intéresser à moi, et vos reproches viennent de votre amitié ? »

Mon âme vit bien qu'elle ne jouait pas le meilleur rôle dans cette occasion ; — elle commençait d'ailleurs à s'apercevoir que la chaleur de la dispute en avait supprimé la cause, et profitant de la circonstance pour faire une diversion : « *Faites du café,* » dit-elle à *Joannetti* qui entrait dans la chambre. — Le bruit des tasses attirant toute l'attention de l'*insurgente,* dans l'instant elle oublia tout le reste. C'est ainsi qu'en montrant un hochet aux enfants on leur fait oublier les fruits malsains qu'ils demandent en trépignant.

Je m'assoupis insensiblement pendant que l'eau chauffait. — Je jouissais de ce plaisir charmant dont j'ai entretenu mes lecteurs, et qu'on éprouve lorsqu'on se sent dormir. Le bruit agréable que faisait *Joannetti* en frappant de la cafetière sur le chenet retentissait sur mon cerveau, et faisait vibrer toutes mes fibres sensibles, comme l'ébranlement d'une corde de harpe fait résonner les octaves. — Enfin, je vis comme une ombre devant moi ; j'ouvris les yeux, c'était *Joannetti.* Ah ! quel parfum ! quelle

10

agréable surprise! du café! de la crème! une pyramide de pain grillé! — Bon lecteur, déjeune avec moi.

XL

Quel riche trésor de jouissances la bonne nature a livré aux hommes dont le cœur sait jouir! et quelle variété dans ces jouissances! Qui pourra compter leurs nuances innombrables dans les divers individus et dans les différents âges de la vie? Le souvenir confus de celles de mon enfance me fait encore tressaillir. Essayerai-je de peindre celle qu'éprouve le jeune homme dont le cœur commence à brûler de tous les feux du sentiment? Dans cet âge heureux où l'on ignore encore jusqu'au nom de l'intérêt, de l'ambition, de la haine et de toutes les passions honteuses qui dégradent et tourmentent l'humanité; durant cet âge, hélas! trop court, le soleil brille d'un éclat qu'on ne lui retrouve plus dans le reste de la vie. L'air est plus pur; — les fontaines sont plus limpides et plus fraîches; — la nature a des aspects, les bocages ont des sentiers qu'on ne retrouve plus dans l'âge mûr. Dieu! quels parfums envoient ces fleurs! que ces fruits sont délicieux! de quelles couleurs se pare l'aurore! — Toutes les femmes sont aimables et fidèles; tous les hommes sont bons, généreux et sensibles : partout on rencontre la cordialité, la franchise et le désintéressement; il n'existe dans la nature que des fleurs, des vertus et des plaisirs.

Le trouble de l'amour, l'espoir du bonheur n'inondent-ils pas notre cœur de sensations aussi vives que variées?

Le spectacle de la nature et sa contemplation dans l'ensemble et les détails ouvrent devant la raison une immense carrière de jouissances. Bientôt l'imagination, planant sur cet océan de plaisirs, en augmente le nombre et l'intensité; les sensations diverses s'unissent et se combinent pour en former de nouvelles; les rêves de la gloire se mêlent aux palpitations de l'amour; la bienfaisance marche à côté de l'a-mour-propre qui lui tend la main; la mélan-colie vient de temps en temps jeter sur nous son crêpe solennel et changer nos larmes en plaisir. — Enfin, les perceptions de l'esprit, les sensations du cœur, les souvenirs mêmes des sens, sont pour l'homme des sources inépui-sables de plaisir et de bonheur. — Qu'on ne s'étonne donc plus que le bruit que faisait *Joannetti* en frappant de la cafetière sur le che-net, et l'aspect imprévu d'une tasse de crème, aient fait sur moi une impression si vive et si agréable.

XLI

Je mis aussitôt mon *habit de voyage*, après
l'avoir examiné avec un œil de complaisance ;
et ce fut alors que je résolus de faire un chapitre *ad hoc*, pour le faire connaître au lecteur.
La forme et l'utilité de ces habits étant assez
généralement connues, je traiterai plus particulièrement de leur influence sur l'esprit des
voyageurs. — Mon habit de voyage pour l'hiver
est fait de l'étoffe la plus chaude et la plus moel-
leuse qu'il m'ait été possible de trouver ; il
m'enveloppe entièrement de la tête aux pieds ;
et lorsque je suis dans mon fauteuil, les mains
dans mes poches et ma tête enfoncée dans le
collet de l'habit, je ressemble à la statue de
Visnou sans pieds et sans mains, qu'on voit
dans les pagodes des Indes.

On taxera, si l'on veut, de préjugé l'influence que j'attribue aux habits de voyage sur les voyageurs; ce que je puis dire de certain à cet égard, c'est qu'il me paraîtrait aussi ridicule d'avancer d'un seul pas mon voyage autour de ma chambre, revêtu de mon uniforme et l'épée au côté, que de sortir et d'aller dans le monde en robe de chambre. — Lorsque je me vois ainsi habillé suivant toutes les rigueurs de la pragmatique, non-seulement je ne serais pas à même de continuer mon voyage, mais je crois que je ne serais pas même en état de lire ce que j'en ai écrit jusqu'à présent, et moins encore de le comprendre.

Mais cela vous étonne-t-il? Ne voit-on pas tous les jours des personnes qui se croient malades parce qu'elles ont la barbe longue ou parce que quelqu'un s'avise de leur trouver l'air malade et de le dire? Les vêtements ont tant d'influence sur l'esprit des hommes qu'il est des valétudinaires qui se trouvent beaucoup mieux lorsqu'ils se voient en habit neuf et en perruque poudrée : on en voit qui trompent ainsi le public et eux-mêmes par une parure soutenue; — ils meurent un beau matin tout coiffés, et leur mort frappe tout le monde.

On oubliait quelquefois de faire avertir plusieurs jours d'avance le comte de.... qu'il devait monter la garde : — un caporal allait l'éveiller de grand matin le jour même où il devait la monter, et lui annoncer cette triste nouvelle; mais l'idée de se lever tout de suite, de mettre ses guêtres, et de sortir ainsi sans y avoir pensé la veille, le troublait tellement qu'il aimait mieux faire dire qu'il était malade et ne pas sortir de chez lui. Il mettait donc sa robe de chambre et renvoyait le perruquier; cela lui donnait un air pâle, malade, qui alarmait sa femme et toute sa famille. — Il se trouvait réellement lui-même *un peu défait* ce jour-là.

Il le disait à tout le monde, un peu pour soutenir gageure, un peu aussi parce qu'il croyait l'être tout de bon. — Insensiblement l'influence de la robe de chambre opérait : les bouillons qu'il avait pris, bon gré, mal gré, lui causaient des nausées ; bientôt les parents et les amis envoyaient demander des nouvelles ; il n'en fallait pas tant pour le mettre décidément au lit

Le soir, le docteur *Ranson* [1] lui trouvait le pouls *concentré*, et ordonnait la saignée pour le lendemain. Si le service avait duré un mois de plus, c'en était fait du malade.

Qui pourrait douter de l'influence des habits de voyage sur les voyageurs, lorsqu'on réfléchira que le pauvre comte de.... pensa plus d'une fois faire le voyage de l'autre monde pour avoir mis mal à propos sa robe de chambre dans celui-ci ?

1. Médecin fort connu à Turin lorsque ce chapitre fut écrit.

XLII

J'étais assis près de mon feu, après dîner, plié dans mon *habit de voyage* et livré volontairement à toute son influence, en attendant l'heure du départ, lorsque les vapeurs de la digestion, se portant à mon cerveau, obstruèrent tellement les passages par lesquels les idées s'y rendent en venant des sens, que toute communication se trouva interceptée ; et, de même que mes sens ne transmettaient plus aucune idée à mon cerveau, celui-ci, à son tour, ne pouvait plus envoyer son fluide électrique qui les anime et avec lequel l'ingénieux docteur *Valli* ressuscite des grenouilles mortes.

On concevera facilement, après avoir lu ce préambule, pourquoi ma tête tomba sur ma poitrine, et comment les muscles du pouce et de l'index de ma main droite, n'étant plus irrités par ce fluide, se relâchèrent au point qu'un volume des œuvres du marquis *Caraccioli*, que je tenais serré entre ces deux doigts, m'échappa sans que je m'en aperçusse, et tomba sur le foyer.

Je venais de recevoir des visites, et ma conversation avec les personnes qui étaient sorties avait roulé sur la mort du fameux médecin *Cigna*, qui venait de mourir, et qui était universellement regretté : il était savant, laborieux, bon physicien et fameux botaniste. — Le mérite de cet homme habile occupait ma pensée; et cependant, me disais-je, s'il m'était permis d'évoquer les âmes de tous ceux qu'il peut avoir fait passer dans l'autre monde, qui sait si sa réputation ne souffrirait par quelque échec?

Je m'acheminais insensiblement à une dissertation sur la médecine et sur les progrès qu'elle a faits depuis *Hippocrate*. — Je me demandais si les personnages fameux de l'antiquité qui sont morts dans leur lit, comme *Périclès*, *Platon*, la célèbre *Aspasie* et *Hippocrate* lui-même, étaient morts comme des gens ordinaires, d'une fièvre putride, inflammatoire ou vermineuse ; si on les avait saignés et bourrés de remèdes.

Dire pourquoi je songeai à ces quatre personnages plutôt qu'à d'autres, c'est ce qui ne me serait pas possible. — Qui peut rendre raison d'un songe? Tout ce que je puis dire, c'est que ce fut mon âme qui évoqua le docteur de Cos, celui de Turin et le fameux homme d'État qui fit de si belles choses et de si grandes fautes.

Mais pour son élégante amie, j'avoue humblement que ce fut *l'autre* qui lui fit signe. — Cependant, quand j'y pense, je serais tenté d'éprouver un petit mouvement d'orgueil; car il est clair que dans ce songe la balance en

faveur de la raison était de quatre contre un.
— C'est beaucoup pour un militaire de mon
âge.

Quoi qu'il en soit, pendant que je me livrais
à ces réflexions, mes yeux achevèrent de se
fermer, et je m'endormis profondément; mais,
en fermant les yeux, l'image des personnages
auxquels j'avais pensé demeura peinte sur
cette toile fine qu'on appelle *mémoire*, et ces
images se mêlant dans mon cerveau avec l'idée
de l'évocation des morts, je vis bientôt arriver
à la file *Hippocrate*, *Platon*, *Périclès*, *Aspasie*
et le docteur *Cigna* avec sa perruque.

Je les vis tous s'asseoir sur les siéges encore
rangés autour du feu; *Périclès* seul resta debout pour lire les gazettes.

« Si les découvertes dont vous me parlez
étaient vraies, disait *Hippocrate* au docteur, et
si elles avaient été aussi utiles à la médecine
que vous le prétendez, j'aurais vu diminuer le
nombre des hommes qui descendent chaque

11

jour dans le royaume sombre, et dont la liste
commune, d'après les registres de *Minos*, que
j'ai vérifiés moi-même, est constamment la
même qu'autrefois. »

Le docteur *Cigna* se tourna vers moi :
« Vous avez sans doute ouï parler de ces découvertes? me dit-il; vous connaissez celle d'*Har-
vey* sur la circulation du sang; celle de l'immortel *Spallanzani* sur la digestion, dont nous
connaissons maintenant tout le mécanisme? »
— Et il fit un long détail de toutes les découvertes qui ont trait à la médecine, et de la
foule de remèdes qu'on doit à la chimie; il fit
enfin un discours académique en faveur de la
médecine moderne.

« Croirai-je, lui répondis-je alors, que ces
grands hommes ignorent tout· ce que vous
venez de leur dire, et que leur âme, dégagée
des entraves de la matière, trouve quelque
chose d'obscur dans toute la nature? — Ah!
quelle est votre erreur! s'écria le *proto-mé-*

decin[1] du Péloponèse; les mystères de la nature sont cachés aux morts comme aux vivants; celui qui a créé et qui dirige tout sait, lui seul, le grand secret auquel les hommes s'efforcent en vain d'atteindre : voilà ce que nous apprenons de certain sur les bords du Styx; et, croyez-moi, ajouta-t-il en adressant la parole au docteur, dépouillez-vous de ce reste d'esprit de corps que vous avez apporté du séjour des mortels; et puisque les travaux de mille générations et toutes les découvertes des hommes n'ont pu allonger d'un seul instant leur existence; puisque *Caron* passe chaque jour dans sa barque une égale quantité d'ombres, ne nous fatiguons plus à défendre un art qui, chez les morts où nous sommes, ne serait pas même utile aux médecins. » — Ainsi parla le fameux *Hippocrate*, à mon grand étonnement.

1. Titre fort connu dans la législation du roi de Sardaigne, ce qui forme ici une plaisanterie purement locale.

Le docteur *Cigna* sourit; et, comme les esprits ne sauraient se refuser à l'évidence ni
taire la vérité, non-seulement il fut de l'avis
d'*Hippocrate*, mais il avoua même, en rougis-
sant à la manière des intelligences, qu'il s'en
était toujours douté.

Périclès, qui s'était approché de la fenêtre,
fit un grand soupir, dont je devinai la cause. Il
lisait un numéro du *Moniteur* qui annonçait
la décadence des arts et des sciences; il voyait
des savants illustres quitter leurs sublimes spéculations pour inventer de nouveaux crimes;
et il frémissait d'entendre une horde de can-
nibales se comparer aux héros de la généreuse
Grèce, faisant périr sur l'échafaud, sans honte
et sans remords, des vieillards vénérables, des
femmes, des enfants, et commettant de sang-
froid les crimes les plus atroces et les plus
inutiles.

Platon, qui avait écouté sans rien dire notre
conversation, la voyant tout à coup terminée

d'une manière inattendue, prit la parole à
son tour. — « Je conçois, nous dit-il, comment
les découvertes qu'ont faites vos grands hommes
dans toutes les branches de la physique sont
inutiles à la médecine, qui ne pourra jamais
changer le cours de la nature qu'aux dépens de
la vie des hommes; mais il n'en sera pas de
même, sans doute, des recherches qu'on a
faites sur la politique. Les découvertes de *Locke*
sur la nature de l'esprit humain, l'invention
de l'imprimerie, les observations accumulées
tirées de l'histoire, tant de livres profonds
qui ont répandu la science jusque parmi le
peuple; — tant de merveilles enfin auront sans
doute contribué à rendre les hommes meilleurs, et cette république heureuse et sage que
j'avais imaginée, et que le siècle dans lequel je
vivais m'avait fait regarder comme un songe
impraticable, existe sans doute aujourd'hui
dans le monde? » — A cette demande, l'honnête docteur baissa les yeux, et ne répondit que

par ses larmes; puis, comme il les essuyait avec
son mouchoir, il fit involontairement tourner
sa perruque, de manière qu'une partie de son
visage en fut cachée. — « Dieux immortels, dit
Aspasie en poussant un cri perçant, quelle
étrange figure! Est-ce donc une découverte de
vos grands hommes qui vous a fait imaginer
de vous coiffer ainsi avec le crâne d'un autre? »

Aspasie, que les dissertations des philosophes faisaient bâiller, s'était emparée d'un
journal de modes qui était sur la cheminée, et
qu'elle feuilletait depuis quelque temps, lorsque
la perruque du médecin lui fit faire cette ex-
clamation; et comme le siége étroit et chance-
lant sur lequel elle était assise était fort incom-
mode pour elle, elle avait placé sans façon
ses deux jambes nues, ornées de bandelettes,
sur la chaise de paille qui se trouvait entre elle
et moi, et s'appuyait du coude sur une des
larges épaules de *Platon*.

« Ce n'est point un crâne, lui répondit le

docteur en prenant sa perruque, et la jetant au feu; c'est une perruque, mademoiselle, et je ne sais pourquoi je n'ai pas jeté cet ornement dans les flammes du Tartare lorsque j'arrivai parmi vous : mais les ridicules et les préjugés sont si fort inhérents à notre misérable nature, qu'ils nous suivent encore quelque temps au delà du tombeau. » — Je prenais un plaisir singulier à voir le docteur abjurer ainsi tout à la fois sa médecine et sa perruque.

« Je vous assure, lui dit *Aspasie*, que la plupart des coiffures qui sont représentées dans le cahier que je feuillette mériteraient le même sort que la vôtre, tant elles sont extravagantes ! » — La belle Athénienne s'amusait extrêmement à parcourir ces estampes, et s'étonnait avec raison de la variété et de la bizarrerie des ajustements modernes. Une figure entre autres la frappa : c'était celle d'une jeune dame représentée avec une coiffure des plus élégantes, et qu'*Aspasie* trouva seulement un peu trop haute; mais la pièce de gaze qui couvrait la gorge était d'une ampleur si extraordinaire, qu'à peine apercevait-on la moitié du visage.. *Aspasie*, ne sachant pas que ces formes prodigieuses n'étaient que l'ouvrage de l'amidon, ne put s'empêcher de témoigner un étonnement qui aurait redoublé en sens inverse si la gaze eût été transparente.

« Mais apprenez-nous, dit-elle, pourquoi les femmes d'aujourd'hui semblent plutôt avoir des habillements pour se cacher que pour se vêtir : à peine laissent-elles apercevoir leur visage, auquel seul on peut reconnaître leur sexe, tant les formes de leur corps sont défigurées par les plis bizarres des étoffes! De toutes les figures qui sont représentées dans ces feuilles, aucune ne laisse à découvert la gorge, les bras et les jambes : comment vos jeunes guerriers n'ont-ils pas tenté de détruire une semblable coutume? Apparemment, ajouta-t-elle, la vertu des femmes d'aujourd'hui, qui se montre dans tous leurs habillements, surpasse de beaucoup celle de mes contemporaines ? » — En finissant ces mots, *Aspasie* me regardait et semblait me demander une réponse. — Je feignis de ne pas m'en apercevoir ; — et pour me donner un air de distinction, je poussai sur la braise, avec les pincettes, les restes de la perruque du docteur qui avaient échappé à l'incendie. — M'apercevant ensuite qu'une des bandelettes qui serraient le brodequin d'*Aspasie* était dénouée : « Permettez, lui dis-je, charmante personne ; » et, en parlant ainsi, je me baissai vivement, portant les mains vers la chaise où je croyais voir ces deux jambes qui firent jadis extravaguer de grands philosophes.

Je suis persuadé que dans ce moment je touchais au véritable somnambulisme, car le mouvement dont je parle fut très-réel ; mais *Rosine*, qui se reposait en effet sur la chaise, prit ce mouvement pour elle ; et sautant légèrement dans mes bras, elle replongea dans les enfers les ombres fameuses évoquées par mon habit de voyage.

———

Charmant pays de l'imagination, toi que l'Être bienfaisant par excellence a livré aux hommes pour les consoler de la réalité, il faut que je te quitte. — C'est aujourd'hui que certaines personnes dont je dépends prétendent me rendre ma liberté, comme s'ils me l'avaient enlevée ! comme s'il était en leur pouvoir de me la ravir un seul instant, et de m'empêcher de parcourir à mon gré le vaste espace toujours ouvert devant moi. — Ils m'ont défendu de parcourir une ville, un point ; mais ils m'ont laissé l'univers entier : l'immensité et l'éternité sont à mes ordres.

C'est aujourd'hui donc que je suis libre, ou plutôt que je vais rentrer dans les fers ! Le joug des affaires va de nouveau peser sur moi ;

je ne ferai plus un pas qui ne soit mesuré par la bienséance et le devoir. — Heureux encore si quelque déesse capricieuse ne me fait pas oublier l'un et l'autre, et si j'échappe à cette nouvelle et dangereuse captivité!

Eh! que ne me laissait-on achever mon voyage! Était-ce donc pour me punir qu'on m'avait relégué dans ma chambre, — dans cette contrée délicieuse qui renferme tous les biens et toutes les richesses du monde? Autant vaudrait exiler une souris dans un grenier.

Cependant jamais je ne me suis aperçu plus clairement que je suis *double*. — Pendant que je regrette mes jouissances imaginaires, je me sens consolé par force : une puissance secrète m'entraîne; — elle me dit que j'ai besoin de l'air du ciel, et que la solitude ressemble à la mort. — Me voilà paré; — ma porte s'ouvre : — j'erre sous les spacieux portiques de la rue du Pô; — mille fantômes agréables voltigent devant mes yeux. — Oui, voilà bien cet hôtel,

— cette porte, cet escalier ; — je tressaille d'a-
vance.

C'est ainsi qu'on éprouve un avant-goût acide
lorsqu'on coupe un citron pour le manger.

O ma bête, ma pauvre bête, prends garde à
toi !

———

EXPÉDITION NOCTURNE

AUTOUR

DE MA CHAMBRE

I

Pour jeter quelque intérêt sur la nouvelle chambre dans laquelle j'ai fait une expédition nocturne, je dois apprendre aux curieux comment elle m'était tombée en partage. Continuellement distrait de mes occupations dans la maison bruyante que j'habitais, je me proposais depuis longtemps de me procurer dans le voisinage une retraite plus solitaire, lorsqu'un jour, en parcourant une notice biographique sur M. de Buffon, j'y lus que cet homme cé-

lèbre avait choisi dans ses jardins un pavillon
isolé, qui ne contenait aucun autre meuble
qu'un fauteuil et le bureau sur lequel il écrivait, ni aucun autre ouvrage que le manuscrit
auquel il travaillait.

Les chimères dont je m'occupe offrent tant
de disparate avec les travaux immortels de
M. de Buffon, que la pensée de l'imiter, même
en ce point, ne me serait sans doute jamais
venue à l'esprit sans un accident qui m'y détermina. Un domestique, en ôtant la poussière des
meubles, crut en voir beaucoup sur un tableau
peint au pastel que je venais de terminer, et
l'essuya si bien avec un linge, qu'il parvint en
effet à le débarrasser de toute la poussière que
j'y avais arrangée avec beaucoup de soin. Après
m'être mis fort en colère contre cet homme,
qui était absent, et ne lui avoir rien dit quand
il revint, suivant mon habitude, je me mis aussitôt en campagne, et je rentrai chez moi avec
la clef d'une petite chambre que j'avais louée

au cinquième étage, dans la rue *de la Providence*. J'y fis transporter dans la même journée
les matériaux de mes occupations favorites, et
j'y passai dans la suite la plus grande partie de
mon temps, à l'abri du fracas domestique et
des nettoyeurs de tableaux. Les heures s'écou-
laient pour moi comme des minutes dans ce
réduit isolé, et plus d'une fois mes rêveries m'y
ont fait oublier l'heure du dîner.

O douce solitude ! j'ai connu les charmes dont
tu enivres tes amants. Malheur à celui qui ne
peut être seul un jour de sa vie sans éprouver le
tourment de l'ennui, et qui préfère, s'il le faut,
converser avec des sots plutôt qu'avec lui-même !

Je l'avouerai toutefois, j'aime la solitude dans
les grandes villes ; mais, à moins que d'y être
forcé par quelque circonstance grave, comme
un voyage autour de ma chambre, je ne veux
être ermite que le matin ; le soir, j'aime à revoir des faces humaines. Les inconvénients de
la vie sociale et ceux de la solitude se détruisent

ainsi mutuellement, et ces deux modes d'existence s'embellissent l'un par l'autre.

Cependant l'inconstance et la fatalité des choses de ce monde sont telles, que la vivacité même des plaisirs dont je jouissais dans ma nouvelle demeure aurait dû me faire prévoir combien ils seraient de courte durée. La révolution française, qui débordait de toutes parts, venait de surmonter les Alpes, et se précipitait sur l'Italie. Je fus entraîné par la première vague jusqu'à Bologne : je gardai mon ermitage, dans lequel je fis transporter tous mes meubles, jusqu'à des temps plus heureux. J'étais depuis quelques années sans patrie ; j'appris un beau matin que j'étais sans emploi. Après une année passée tout entière à voir des hommes et des choses que je n'aimais guère, et à désirer des choses et des hommes que je ne voyais plus, je revins à Turin. Il fallait prendre un parti. Je sortis de l'auberge *de la Bonne Femme*, où j'étais débarqué, dans l'in-

tention de rendre la petite chambre au proprié-
taire et de me défaire de mes meubles.

En rentrant dans mon ermitage, j'éprouvai
des sensations difficiles à décrire : tout y avait
conservé l'ordre, c'est-à-dire le désordre, dans
lequel je l'avais laissé : les meubles entassés
contre les murs avaient été mis à l'abri de la
poussière par la hauteur du gîte; mes plumes
étaient encore dans l'encrier desséché, et je
trouvai sur la table une lettre commencée.

Je suis encore chez moi, me dis-je avec une
véritable satisfaction. Chaque objet me rappelait quelque événement de ma vie et ma chambre
était tapissée de souvenirs. Au lieu de retourner
à l'auberge, je pris la résolution de passer la
nuit au milieu de mes propriétés : j'envoyai
prendre ma valise, et je fis en même temps le
projet de partir le lendemain, sans prendre
congé ni conseil de personne, m'abandonnant
sans réserve à la Providence.

II

Tandis que je faisais ces réflexions, tout en me glorifiant d'un plan de voyage bien combiné, le temps s'écoulait, et mon domestique ne revenait point. C'était un homme que la nécessité m'avait fait prendre à mon service depuis quelques semaines, et sur la fidélité duquel j'avais conçu des soupçons. L'idée qu'il pouvait m'avoir emporté ma valise s'était à peine présentée à moi, que je courus à l'auberge : il était temps. Comme je tournais le coin de la rue, où se trouve l'hôtel *de la Bonne Femme*, je le vis sortir précipitamment de la porte, précédé d'un portefaix chargé de ma valise. Il s'était chargé lui-même de ma cassette; et, au lieu de tourner de mon côté, il s'acheminait à gauche

dans une direction opposée à celle qu'il devait
tenir. Son intention devenait manifeste. Je le
joignis aisément, et, sans lui rien dire, je
marchai quelque temps à côté de lui avant qu'il
s'en aperçût. Si l'on voulait peindre l'expression de l'étonnement et de l'effroi, porté au plus
haut degré sur la figure humaine, il en aurait
été le modèle parfait lorsqu'il me vit à ses côtés.
J'eus tout le loisir d'en faire l'étude ; car il était
si déconcerté de mon apparition inattendue et
du sérieux avec lequel je le regardais, qu'il continua de marcher quelque temps avec moi sans
prononcer une parole, comme si nous avions
été à la promenade ensemble. Enfin il balbutia
le prétexte d'une affaire dans la rue *Grand-
Doire*, mais je le remis dans le bon chemin, et
nous revînmes à la maison, où je le congédiai.

Ce fut alors seulement que je me proposai de
faire un nouveau voyage dans ma chambre,
pendant la dernière nuit que je devais y passer,
et je m'occupai à l'instant même des préparatifs.

III

Depuis longtemps je désirais revoir le pays que j'avais parcouru jadis si délicieusement, et dont la description ne me paraissait pas complète. Quelques amis qui l'avaient goûtée me sollicitaient de la continuer, et je m'y serais décidé plus tôt sans doute, si je n'avais pas été séparé de mes compagnons de voyage. Je rentrais à regret dans la carrière. Hélas! j'y rentrais seul. J'allais voyager sans mon cher Joannetti et sans l'aimable Rosine. Ma première chambre elle-même avait subi la plus désastreuse révolution : que dis-je! elle n'existait plus. Son enceinte faisait alors partie d'une horrible masure noircie par les flammes, et toutes les inventions meurtrières de la guerre s'étaient

réunies pour la détruire de fond en comble [1].
Le mur auquel était suspendu le portrait de
madame de Hautcastel avait été percé par une
bombe. Enfin, si heureusement je n'avais pas
fait mon voyage avant cette catastrophe, les savants de nos jours n'auraient jamais eu connaissance de cette chambre remarquable. C'est
ainsi que, sans les observations d'Hipparque,
ils ignoreraient aujourd'hui qu'il existait jadis
une étoile de plus dans les Pléiades, qui est
disparue depuis ce fameux astronome.

Déjà, forcé par les circonstances, j'avais depuis quelque temps abandonné ma chambre et
transporté mes pénates ailleurs. Le malheur
n'est pas grand, dira-t-on. Mais comment remplacer Joannetti et Rosine? Ah! cela n'est pas
possible. Joannetti m'était devenu si nécessaire,
que sa perte ne sera jamais réparée pour moi.

1. Cette chambre était située dans la citadelle de Turin
et ce nouveau voyage fut entrepris quelque temps après la
prise de cette place par les Austro-Russes.

Qui peut, au reste, se flatter de vivre toujours avec les personnes qu'il chérit? Semblable à ces essaims de moucherons que l'on voit tourbillonner dans les airs pendant les belles soirées d'été, les hommes se rencontrent par hasard et pour bien peu de temps. Heureux encore si, dans leur mouvement rapide, aussi adroits que les moucherons, ils ne se rompent pas la tête les uns contre les autres!

Je me couchais un soir. Joannetti me servait avec son zèle ordinaire, et paraissait même plus attentif. Lorsqu'il emporta la lumière, je jetai les yeux sur lui, et je vis une altération marquée sur sa physionomie. Devais-je croire cependant que le pauvre Joannetti me servait pour la dernière fois? Je ne tiendrai point le lecteur dans une incertitude plus cruelle que la vérité. Je préfère lui dire sans ménagement que Joannetti se maria dans la nuit même, et me quitta le lendemain.

Mais qu'on ne l'accuse pas d'ingratitude pour

avoir quitté son maître si brusquement. Je savais son intention depuis longtemps, et j'avais eu tort de m'y opposer. Un officieux vint de grand matin chez moi pour me donner cette nouvelle, et j'eus le loisir, avant de revoir Joannetti, de me mettre en colère et de m'apaiser, ce qui lui épargna les reproches auxquels il s'attendait. Avant d'entrer dans ma chambre, il affecta de parler haut à quelqu'un depuis la galerie pour me faire croire qu'il n'avait pas peur; et, s'armant de toute l'effronterie qui pouvait entrer dans une bonne âme comme la sienne, il se présenta d'un air déterminé. Je vis à l'instant sur sa figure tout ce qui se passait dans son âme, et je ne lui en sus pas mauvais gré. Les mauvais plaisants de nos jours ont tellement effrayé les bonnes gens sur les dangers du mariage, qu'un nouveau marié ressemble souvent à un homme qui vient de faire une chute épouvantable sans se faire aucun mal, et qui est à la fois troublé de frayeur et de satisfaction, ce qui lui donne un air ridicule. Il n'était donc pas étonnant que les actions de mon fidèle serviteur se ressentissent de la bizarrerie de sa situation.

« Te voilà donc marié, mon cher Joannetti? » lui dis-je en riant. Il ne s'était précautionné que contre ma colère, en sorte que tous ses préparatifs furent perdus. Il retomba tout à coup dans son assiette ordinaire, et même un peu plus bas, car il se mit à pleurer. « Que voulez-vous, monsieur! me dit-il d'une voix altérée; j'avais donné ma parole. — Eh! morbleu! tu as bien fait, mon ami; puisses-tu être content de ta femme, et surtout de toi-même! puisses-tu avoir des enfants qui te ressemblent! Il faudra donc nous séparer! — Oui, monsieur; nous comptons aller nous établir à Asti. — Et quand veux-tu me quitter? » Ici Joannetti baissa les yeux d'un air embarrassé, et répondit de deux tons plus bas : « Ma femme a trouvé un voiturier de son pays qui retourne avec sa voiture vide, et qui part aujourd'hui. Ce serait une belle occasion; mais... cependant... ce sera quand il plaira à monsieur... quoiqu'une semblable occasion se retrouverait difficilement. — Eh quoi! sitôt? » lui dis-je. Un sentiment de regret et d'affection, mêlé d'une forte dose de dépit me fit garder un instant le silence. « Non, certainement, lui répondis-je assez durement, je ne vous retiendrai point; partez à l'heure même, si cela vous arrange. » Joannetti pâlit. « Oui, pars, mon ami, va trouver ta femme; sois toujours aussi bon, aussi honnête que tu l'as été avec moi. » Nous fîmes quelques arrangements; je lui dis tristement adieu : il sortit.

Cet homme me servait depuis quinze ans. Un instant nous a séparés. Je ne l'ai plus revu.

Je réfléchissais, en me promenant dans ma chambre, à cette brusque séparation. Rosine avait suivi Joannetti sans qu'il s'en aperçût. Un quart d'heure après, la porte s'ouvrit; Rosine entra. Je vis la main de Joannetti qui la poussa dans la chambre ; la porte se referma et je sentis mon cœur se serrer. Il n'entre déjà plus chez moi ! — Quelques minutes ont suffi pour ren 're étrangers l'un à l'autre deux vieux compagnons de quinze ans. O triste, triste condition de l'humanité, de ne pouvoir jamais trouver un seul objet stable sur lequel placer la moindre de ses affections !

IV

Rosine aussi vivait alors loin de moi. Vous apprendrez sans doute avec quelque intérêt, ma chère Marie, qu'à l'âge de quinze ans elle était encore le plus aimable des animaux, et que la même supériorité d'intelligence, qui la distinguait jadis de toute son espèce, lui servit également à supporter le poids de la vieillesse. J'aurais désiré ne m'en point séparer ; mais lorsqu'il s'agit du sort de ses amis, ne doit-on consulter que son plaisir et son intérêt? L'intérêt de Rosine était de quitter la vie ambulante qu'elle menait avec moi, et de goûter enfin dans ses vieux jours un repos que son maître n'espérait plus. Son grand âge m'obligeait à la faire porter. Je crus devoir lui accorder ses invalides.

Une religieuse bienfaisante se chargea de la soigner le reste de ses jours, et je sais que dans cette retraite elle a joui de tous les avantages que ses bonnes qualités, son âge et sa réputation lui avaient si justement mérités.

Et puisque telle est la nature des hommes, que le bonheur semble n'être pas fait pour eux; puisque l'ami offense son ami sans le vouloir, et que les amants eux-mêmes ne peuvent vivre sans se quereller; enfin, puisque, depuis Lycurgue jusqu'à nos jours, tous les législateurs ont échoué dans leurs efforts pour rendre les hommes heureux, j'aurai du moins la consolation d'avoir fait le bonheur d'un chien.

V

Maintenant que j'ai fait connaître au lecteur les derniers traits de l'histoire de Joannetti et de Rosine, il ne me reste plus qu'à dire un mot de l'âme et de la bête pour être parfaitement en règle avec lui. Ces deux personnages, le dernier surtout, ne joueront plus un rôle aussi intéressant dans mon voyage. Un aimable voyageur, qui a suivi la même carrière que moi [1], prétend qu'ils doivent être fatigués. Hélas! il n'a que trop raison. Ce n'est pas que mon âme ait rien perdu de son activité, autant du moins qu'elle peut s'en apercevoir; mais ses relations avec *l'autre* ont changé. Celle-ci n'a plus la

1. *Second Voyage autour de ma chambre*, par un anonyme; chapitre premier.

même vivacité dans ses reparties ; elle n'a plus...
comment expliquer cela ?... J'allais dire la
même présence d'esprit, comme si une bête
pouvait en avoir ! Quoi qu'il en soit, et sans
entrer dans une explication embarrassante, je
dirai seulement qu'entraîné par la confiance
que me témoignait la jeune Alexandrine, je lui
avais écrit une lettre assez tendre, lorsque j'en
reçus une réponse polie, mais froide, qui finis-
sait par ces propres termes : « Soyez sûr, mon-
» sieur, que je conserverai toujours pour vous
» les sentiments de l'estime la plus sincère. »
Juste ciel ! m'écriai-je aussitôt ; me voilà perdu.
Depuis ce jour fatal, je résolus de ne plus
mettre en avant mon système de l'âme et de la
bête. En conséquence, sans faire de distinction
entre ces deux êtres et sans les séparer, je les
ferai passer l'un portant l'autre, comme certains marchands leurs marchandises, et je voya-
gerai en bloc pour éviter tout inconvénient.

VI

Il serait inutile de parler des dimensions de ma nouvelle chambre. Elle ressemble si fort à la première, qu'on s'y méprendrait au premier coup d'œil, si, par une précaution de l'architecte, le plafond ne s'inclinait obliquement du côté de la rue, et ne laissait au toit la direction qu'exigent les lois de l'hydraulique pour l'écoulement de la pluie. Elle reçoit le jour par une seule ouverture de deux pieds et demi de large sur quatre pieds de haut, élevée de six à sept pieds environ au-dessus du plancher, et à laquelle on arrive au moyen d'une petite échelle.

L'élévation de ma fenêtre au-dessus du plancher est une de ces circonstances qui peuvent être également dues au hasard ou au

génie de l'architecte. Le jour presque perpen-
diculaire qu'elle répandait dans mon réduit lui
donnait un aspect mystérieux. Le temple antique
du Panthéon reçoit le jour à peu près de la
même manière. En outre, aucun objet exté-
rieur ne pouvait me distraire. Semblable à ces
navigateurs qui, perdus sur le vaste Océan, ne
voient plus que le ciel et la mer, je ne voyais
que le ciel et ma chambre, et les objets exté-
rieurs les plus voisins sur lesquels pouvaient se
porter mes regards étaient la lune ou l'étoile
du matin : ce qui me mettait dans un rapport
immédiat avec le ciel, et donnait à mes pensées
un vol élevé qu'elles n'auraient jamais eu si
j'avais choisi mon logement au rez-de-chaussée.

La fenêtre dont j'ai parlé s'élevait au-dessus
du toit et formait la plus jolie lucarne. Sa hauteur sur l'horizon était si grande, que lorsque
les premiers rayons du soleil venaient l'éclairer,
il faisait encore sombre dans la rue. Aussi je
jouissais d'une des plus belles vues qu'on puisse

imaginer. Mais la plus belle vue nous fatigue bientôt lorsqu'on la voit trop souvent; l'œil s'y habitue, et l'on n'en fait plus de cas. La situation de ma fenêtre me préservait encore de cet inconvénient, parce que je ne voyais jamais le magnifique spectacle de la campagne de Turin sans monter quatre ou cinq échelons, ce qui me procurait des jouissances toujours vives, parce qu'elles étaient ménagées. Lorsque, fatigué, je voulais me donner une agréable récréation, je terminais ma journée en montant à ma fenêtre.

Au premier échelon, je ne voyais encore que le ciel; bientôt le temple colossal de Supergue [1] commençait à paraître. La colline de Turin, sur laquelle il repose, s'élevait peu à peu devant moi, couverte de forêts et de riches vignobles, offrant avec orgueil au soleil cou-

1. Ou la Superga, église magnifique élevée par le roi Victor-Amédée Ier, en 1706, pour l'accomplissement du vœu qu'il avait fait à la Vierge, si les Français levaient le siége de Turin. La Superga sert de sépulture aux princes de la maison de Savoie.

chant ses jardins et ses palais, tandis que des habitations simples et modestes semblaient se cacher à moitié dans ses vallons, pour servir de retraite au sage et favoriser ses méditations.

Charmante colline! tu m'as vu souvent rechercher tes retraites solitaires et préférer tes sentiers écartés aux promenades brillantes de la capitale; tu m'as vu souvent perdu dans tes labyrinthes de verdure, attentif au chant de l'alouette matinale, le cœur plein d'une vague inquiétude et du désir de me fixer pour jamais dans tes vallons enchantés. — Je te salue, colline charmante! tu es peinte dans mon cœur! Puisse la rosée céleste rendre, s'il est possible, tes champs plus fertiles et tes bocages plus touffus! puissent tes habitants jouir en paix de leur bonheur, et tes ombrages leur être favorables et salutaires! puisse enfin ton heureuse terre être toujours le doux asile de la vraie philosophie, de la science modeste, de l'amitié sincère et hospitalière que j'y ai trouvée!

VII

Je commençai mon voyage à huit heures du soir précises. Le temps était calme et promettait une belle nuit. J'avais pris mes précautions pour ne pas être dérangé par des visites, qui sont très-rares à la hauteur où je logeais, dans les circonstances surtout où je me trouvais alors, et pour rester seul jusqu'à minuit. Quatre heures suffisaient amplement à l'exécution de mon entreprise, ne voulant faire pour cette fois qu'une simple excursion autour de ma chambre. Si le premier voyage a duré quarante-deux jours, c'est parce que je n'avais pas été le maître de le faire plus court. Je ne voulus pas non plus m'assujettir à voyager beaucoup en voiture, comme auparavant, persuadé qu'un voyageur pédestre voit beaucoup de choses qui échappent à celui qui court la poste. Je résolus donc d'aller alternativement, et suivant les circonstances, à pied ou à cheval : nouvelle méthode que je n'ai pas encore fait connaître et dont on verra bientôt l'utilité. Enfin, je me proposai de prendre des notes en chemin, et d'écrire mes observations à mesure que je les faisais, pour ne rien oublier.

Afin de mettre de l'ordre dans mon entreprise, et de lui donner une nouvelle chance de succès, je pensai qu'il fallait commencer par composer une épître dédicatoire, et l'écrire en vers pour la rendre plus intéressante. Mais deux difficultés m'embarrassaient et faillirent m'y faire renoncer, malgré tout l'avantage que j'en pouvais tirer. La première était de savoir à qui j'adresserais l'épître, la seconde comment je m'y prendrais pour faire des vers. Après y avoir mûrement réfléchi, je ne tardai pas à comprendre qu'il était raisonnable de faire

premièrement mon épître de mon mieux, et
de chercher ensuite quelqu'un à qui elle pût
convenir. Je me mis à l'instant à l'ouvrage, et
je travaillai pendant plus d'une heure sans
pouvoir trouver une rime au premier vers que
j'avais fait et que je voulais conserver, parce
qu'il me paraissait très-heureux. Je me souvins
alors fort à propos d'avoir lu quelque part que
le célèbre Pope ne composait jamais rien d'intéressant sans être obligé de déclamer longtemps
à haute voix et de s'agiter en tous sens dans
son cabinet pour exciter sa verve. J'essayai à
l'imiter. Je pris les poésies d'Ossian et je les
récitai tout haut, en me promenant à grands
pas pour me monter à l'enthousiasme.

Je vis en effet que cette méthode exaltait insensiblement mon imagination, et me donnait
un sentiment secret de rapacité poétique dont
j'aurais certainement profité pour composer
avec succès mon épître dédicatoire en vers, si
malheureusement je n'avais oublié l'obliquité

13

du plafond de ma chambre, dont l'abaissement rapide empêcha mon front d'aller aussi avant que mes pieds dans la direction que j'avais prise. Je frappai si rudement de la tête contre cette maudite cloison, que le toit de la maison en fut ébranlé : les moineaux qui dormaient sur les tuiles s'envolèrent épouvantés, et le contre-coup me fit reculer de trois pas en arrière.

VIII

Tandis que je me promenais ainsi pour exciter ma verve, une jeune et jolie femme qui logeait au-dessous de moi, étonnée du tapage que je faisais, et croyant peut-être que je donnais un bal dans ma chambre, députa son mari pour s'informer de la cause du bruit. J'étais encore tout étourdi de la contusion que j'avais reçue, lorsque la porte s'entr'ouvrit. Un homme âgé, portant un visage mélancolique, avança la tête et promena ses regards curieux dans la chambre. Quand la surprise de me trouver seul lui permit de parler : « Ma femme a la migraine, Monsieur, me dit-il d'un air fâché. Permettez-moi de vous faire observer que... » Je l'interrompis aussitôt, et mon style se ressentit de la hauteur de mes pensées. « Respectable messager de ma belle voisine, lui dis-je dans le langage des bardes, pourquoi tes yeux brillent-ils sous tes épais sourcils, comme deux météores dans la forêt noire de Cromba? Ta belle compagne est un rayon de lumière, et je mourrais mille fois plutôt que de vouloir troubler son repos ; mais ton aspect, ô respectable messager!... ton aspect est sombre comme la voûte la plus reculée de la caverne de Camora, lorsque les nuages amoncelés de la tempête obscurcissent la face de la nuit, et pèsent sur les campagnes silencieuses de Morven. »

Le voisin, qui n'avait apparemment jamais lu les poésies d'Ossian, prit mal à propos l'accès d'enthousiasme qui m'animait pour un accès de folie, et parut fort embarrassé. Mon intention n'étant point de l'offenser, je lui offris un siége, et je le priai de s'asseoir; mais je m'aperçus qu'il se retirait doucement, et se signait en disant à demi-voix : «*È matto, per Bacco, è matto!* »

IX

Je le laissai partir sans vouloir approfondir jusqu'à quel point son observation était fondée, et je m'assis à mon bureau pour prendre note de ces événements, comme je fais toujours ; mais à peine eus-je ouvert un tiroir dans lequel j'espérais trouver du papier, que je le refermai brusquement, troublé par un des sentiments les plus désagréables que l'on puisse éprouver, celui de l'amour-propre humilié. L'espèce de surprise dont je fus saisi dans cette occasion ressemble à celle qu'éprouve un voyageur altéré lorsque, approchant ses lèvres d'une fontaine limpide, il aperçoit au fond de l'eau une grenouille qui le regarde. Ce n'était cependant autre chose que les ressorts de la carcasse d'une colombe artificielle, qu'à l'exemple d'Archytas, je m'étais proposé jadis de faire voler dans les airs. J'avais travaillé sans relâche à sa construction pendant plus de trois mois. Le jour de l'essai venu, je la plaçai sur le bord d'une table, après avoir soigneusement fermé la porte, afin de tenir la découverte secrète et de causer une aimable surprise à mes amis. Un fil tenait le mécanisme immobile. Qui pourrait imaginer les palpitations de mon cœur et les angoisses de mon amour-propre lorsque j'approchai les ciseaux pour couper le lien fatal?... Zest!... le ressort de la colombe part et se développe avec bruit. Je lève les yeux pour la voir passer; mais, après avoir fait quelques tours sur elle-même, elle tombe et va se cacher sous la table. Rosine, qui dormait là, s'éloigna tristement. Rosine, qui ne vit jamais ni poulet, ni pigeon, ni le plus petit oiseau, sans les attaquer et les poursuivre, ne daigna pas même regarder ma colombe qui se débattait sur le plancher...

Ce fut le coup de grâce pour mon amour-
propre. J'allai prendre l'air sur les rem-
parts.

X

Tel fut le sort de ma colombe artificielle. Tandis que le génie mécanique la destinait à suivre l'aigle dans les cieux, le destin lui donna les inclinations d'une taupe.

Je me promenais tristement et découragé comme on l'est toujours après une grande espérance déçue, lorsque, levant les yeux, j'aperçus un vol de grues qui passait sur ma tête. Je m'arrêtai pour les examiner. Elles s'avançaient en ordre triangulaire, comme la colonne anglaise à la bataille de Fontenoy. Je les voyais traverser le ciel de nuage en nuage. « Ah ! qu'elles volent bien ! disais-je tout bas ; avec quelle assurance elles semblent glisser sur l'invisible sentier qu'elles parcourent ! » L'avouerai-je ? hélas !

qu'on me le pardonne ! L'horrible sentiment de
l'envie est une fois, une seule fois entré dans
mon cœur, et c'était pour des grues. Je les
poursuivis de mes regards jaloux jusqu'aux bornes de l'horizon. Longtemps, immobile au milieu de la foule qui se promenait, j'observais le
mouvement rapide des hirondelles, et je m'é-
tonnais de les voir suspendues dans les airs,
comme si je n'avais jamais vu ce phénomène.
Le sentiment d'une admiration profonde, inconnu pour moi jusqu'alors, éclairait mon âme.
Je croyais voir la nature pour la première fois.
J'entendais avec surprise le bourdonnement des
mouches, le chant des oiseaux, et ce bruit mystérieux et confus de la création vivante qui
célèbre involontairement son auteur. Concert
ineffable, auquel l'homme seul a le privilége
sublime de pouvoir joindre les accents de reconnaissance ! « Quel est l'auteur de ce brillant
mécanisme ? m'écriai-je dans le transport qui
m'animait, quel est celui qui, ouvrant sa main

créatrice, laissa échapper la première hirondelle dans les airs? — celui qui donna l'ordre
à ces arbres de sortir de la terre et d'élever
leurs rameaux vers le ciel? — Et toi, qui t'a-
vances majestueusement sous leur ombre, créa-
ture ravissante, dont les traits commandent le
respect et l'amour, qui t'a placée sur la surface
de la terre pour l'embellir? quelle est la pensée
qui dessina tes formes divines, qui fut assez
puissante pour créer le regard et le sourire
de l'innocente beauté?... et moi-même, qui
sens palpiter mon cœur... quel est le but de
mon existence? que suis-je, et d'où viens-je,
moi l'auteur de la colombe artificielle centri-
pède?.. A peine eus-je prononcé ce mot barbare,
que, revenant tout à coup à moi comme un
homme endormi sur lequel on jetterait un seau
d'eau, je m'aperçus que plusieurs personnes
m'avaient entouré pour m'examiner, tandis que
mon enthousiasme me faisait parler seul. Je
vis alors la belle Georgine qui me devançait de

—quelques pas. La moitié de sa joue gauche, chargée de rouge, que j'entrevoyais à travers les boucles de sa perruque blonde, acheva de me remettre au courant des affaires de ce monde, dont je venais de faire une petite absence.

XI

Dès que je fus un peu remis du trouble que m'avait causé l'aspect de ma colombe artificielle, la douleur de la contusion que j'avais reçue se fit sentir vivement. Je passai la main sur mon front, et j'y reconnus une nouvelle protubérance précisément à cette partie de la tête où le docteur Gall a placé la protubérance poétique. Mais je n'y songeais point alors, et l'expérience devait seule me démontrer la vérité du système de cet homme célèbre.

Après m'être recueilli quelques instants pour faire un dernier effort en faveur de mon épître dédicatoire, je pris un crayon et me mis à l'ouvrage. Quel fut mon étonnement!... les vers coulaient d'eux-mêmes sous ma plume; j'en

remplis deux pages en moins d'une heure, et je
conclus de cette circonstance que, si le mouvement était nécessaire à la tête de Pope pour
composer des vers, il ne fallait pas moins qu'une
contusion pour en tirer de la mienne. Je ne
donnerai cependant pas au lecteur ceux que je
fis alors, parce que la rapidité prodigieuse avec
laquelle se succédaient les aventures de mon
voyage m'empêcha d'y mettre la dernière main.
Malgré cette réticence, il n'est pas douteux
qu'on doit regarder l'accident qui m'était arrivé
comme une découverte précieuse, et dont les
poëtes ne sauraient trop user.

Je suis en effet si convaincu de l'infaillibilité
de cette nouvelle méthode, que, dans le poëme
en vingt-quatre chants que j'ai composé depuis
lors, et qui sera publié avec la *Prisonnière de
Pignerol* [1], je n'ai pas cru nécessaire jusqu'à

---

1. L'auteur paraît avoir renoncé depuis à publier la *Prisonnière de Pignerol*, cet ouvrage rentrant trop dans le genre
du roman.

présent de commencer les vers; mais j'ai mis
au net cinq cents pages de notes, qui forment,
comme on le sait, tout le mérite et le volume
de la plupart des poëmes modernes.

Comme je rêvais profondément à mes découvertes en marchant dans ma chambre, je rencontrai mon lit, sur lequel je tombai assis; et
ma main se trouvant par hasard tombée sur mon
bonnet, je pris le parti de m'en couvrir la tête
et de me coucher.

XII

J'étais au lit depuis un quart d'heure, et, contre mon ordinaire, je ne dormais point encore. A l'idée de mon épître dédicatoire avaient succédé les réflexions les plus tristes : ma lumière, qui tirait vers sa fin, ne jetait plus qu'une lueur inconstante et lugubre du fond de la bobèche, et ma chambre avait l'air d'un tombeau. Un coup de vent ouvrit tout à coup la fenêtre, éteignit ma bougie, et ferma ma porte avec violence. La teinte noire de mes pensées s'accrut avec l'obscurité.

Tous mes plaisirs passés, toutes mes peines présentes, vinrent fondre à la fois dans mon cœur, et le remplirent de regrets et d'amertume.

Quoique je fasse des efforts continuels pour oublier mes chagrins et les chasser de ma pensée, il m'arrive quelquefois, lorsque je n'y prends pas garde, qu'ils rentrent tous à la fois dans ma mémoire, comme si on leur ouvrait une écluse. Il ne me reste plus d'autre parti à prendre dans ces occasions que de m'abandonner au torrent qui m'entraîne, et mes idées deviennent alors si noires, tous les objets me paraissent si lugubres, que je finis ordinairement par rire de ma folie ; en sorte que le remède se trouve dans la violence même du mal.

J'étais encore dans toute la force d'une de ces crises mélancoliques, lorsqu'une partie de la bouffée de vent qui avait ouvert ma fenêtre et fermé ma porte en passant, après avoir fait quelques tours dans ma chambre, feuilleté mes livres et jeté une feuille volante de mon voyage par terre, entra finalement dans mes rideaux, et vint mourir sur ma joue. Je sentis la douce

fraîcheur de la nuit, et, regardant cela comme
une invitation de sa part, je me levai tout de
suite, et j'allai sur mon échelle jouir du calme
de la nature.

XIII

Le temps était serein : la voie lactée, comme
un léger nuage, partageait le ciel, un doux
rayon partait de chaque étoile pour venir jusqu'à moi, et lorsque j'en examinais une atten-
tivement, ses compagnes semblaient scintiller
plus vivement pour attirer mes regards.

C'est un charme toujours nouveau pour moi
que celui de contempler le ciel étoilé, et je n'ai
pas à me reprocher d'avoir fait un seul voyage,
ni même une simple promenade nocturne, sans
payer le tribut d'admiration que je dois aux
merveilles du firmament. Quoique je sente
toute l'impuissance de ma pensée dans ces
hautes méditations, je trouve un plaisir inexprimable à m'en occuper. J'aime à penser que

ce n'est point le hasard qui conduit jusqu'à mes yeux cette émanation des mondes éloignés, et chaque étoile verse avec sa lumière un rayon d'espérance dans mon cœur. Eh quoi! ces merveilles n'auraient-elles d'autre rapport avec moi que celui de briller à mes yeux? et ma pensée qui s'élève jusqu'à elles, mon cœur qui s'émeut à leur aspect, leur seraient-ils étrangers?..... Spectateur éphémère d'un spectacle éternel, l'homme lève un instant les yeux vers le ciel, et les referme pour toujours; mais, pendant cet instant rapide qui lui est accordé, de tous les points du ciel et depuis les bornes de l'univers, un rayon consolateur part de chaque monde, et vient frapper ses regards, pour lui annoncer qu'il existe un rapport entre l'immensité et lui, et qu'il est associé à l'éternité.

XIV

Un sentiment fâcheux troublait cependant le plaisir que j'éprouvais en me livrant à ces méditations. Combien peu de personnes, me disais-je, jouissent maintenant avec moi du spectacle sublime que le ciel étale inutilement pour les hommes assoupis!... Passe encore pour ceux qui dorment; mais qu'en coûterait-il à ceux qui se promènent, à ceux qui sortent en foule du théâtre, de regarder un instant et d'admirer les brillantes constellations qui rayonnent de toutes parts sur leur tête? — Non, les spectateurs attentifs de Scapin ou de Jocrisse ne daigneront pas lever les yeux : ils vont rentrer brutalement chez eux, ou ailleurs, sans songer que le ciel existe. Quelle bizarrerie!... parce qu'on peut le voir souvent et gratis, ils n'en veulent pas. Si le firmament était toujours voilé pour nous, si le spectacle qu'il nous offre dépendait d'un entrepreneur, les premières loges sur les toits seraient hors de prix, et les dames de Turin s'arracheraient ma lucarne.

« Oh ! si j'étais souverain d'un pays, m'écriai-je, saisi d'une juste indignation, je ferais chaque nuit sonner le tocsin, et j'obligerais mes sujets de tout âge, de tout sexe et de toute condition, de se mettre à la fenêtre et de regarder les étoiles. » Ici la raison, qui, dans mon royaume, n'a qu'un droit contesté de remontrance, fut cependant plus heureuse qu'à l'ordinaire dans les représentations qu'elle me proposa au sujet de l'édit inconsidéré que je voulais proclamer dans mes États. « Sire, me dit-elle. Votre Majesté ne daignerait-elle pas faire une exception en faveur des nuits pluvieuses, puisque, dans ce cas, le ciel étant couvert... —

Fort bien, fort bien, répondis-je, je n'y avais pas songé : vous noterez une exception en faveur des nuits pluvieuses. — Sire, ajouta-t-elle, je pense qu'il serait à propos d'excepter aussi les nuits sereines, lorsque le froid est excessif et que la bise souffle, puisque l'exécution rigoureuse de l'édit accablerait vos heureux sujets de rhumes et de catarrhes. » Je commençais à voir beaucoup de difficultés dans l'exécution de mon projet; mais il m'en coûtait de revenir sur mes pas. « Il faudra, dis-je, écrire au conseil de médecine et à l'académie des sciences pour fixer le degré du thermomètre centigrade auquel mes sujets pourront se dispenser de se mettre à la fenêtre; mais je veux, j'exige absolument que l'ordre soit exécuté à la rigueur. — Et les malades, sire? — Cela va sans dire; qu'ils soient exceptés : l'humanité doit aller avant tout. — Si je ne craignais de fatiguer Votre Majesté, je lui ferais encore observer que l'on pourrait (dans le cas

où elle jugerait à propos et que la chose ne pré-
sentât pas de grands inconvénients) ajouter
aussi une exception en faveur des aveugles,
puisque, étant privés de l'organe de la vue...
— Eh bien, est-ce tout? interrompis-je avec
humeur. — Pardon, sire; mais les amoureux?
Le cœur débonnaire de Votre Majesté pourrait-
il les contraindre à regarder aussi les étoiles?
— C'est bon, c'est bon, dit le roi; nous y pen-
serons la tête reposée. Vous me donnerez un
mémoire détaillé là-dessus. »

Bon Dieu!... bon Dieu!... combien il faut y
réfléchir avant de donner un édit de haute
police!

XV

Les étoiles les plus brillantes n'ont jamais été celles que je contemple avec le plus de plaisir; mais les plus petites, celles qui, perdues dans un éloignement incommensurable, ne paraissent que comme des points imperceptibles, ont toujours été mes étoiles favorites. La raison en est toute simple : on concevra facilement qu'en faisant faire à mon imagination autant de chemin de l'autre côté de leur sphère que mes regards en font de celui-ci pour parvenir jusqu'à elles, je me trouve porté sans effort à une distance où peu de voyageurs sont parvenus avant moi, et je m'étonne, en me trouvant là, de n'être encore qu'au commencement de ce vaste univers : car il serait, je crois, ridicule de penser qu'il existe une barrière au delà de

laquelle le néant commence, comme si le néant
était plus facile à comprendre que l'existence!
Après la dernière étoile, j'en imagine encore
une autre, qui ne saurait non plus être la dernière. En assignant des limites à la création,
tant soient-elles éloignées, l'univers ne me
paraît plus qu'un point lumineux, comparé à
l'immensité de l'espace vide qui l'environne, à
cet affreux et sombre néant, au milieu duquel
il serait suspendu comme une lampe solitaire.
— Ici je me couvris les yeux avec mes deux
mains, pour m'éloigner toute espèce de distraction, et donner à mes idées la profondeur
qu'un semblable sujet exige; et, faisant un effort
de tête surnaturel, je composai un système du
monde, le plus complet qui ait encore paru. Le
voici dans tous ses détails; il est le résultat
des méditations de toute ma vie. Je crois que
l'espace étant... » Mais ceci mérite un chapitre
à part; et, vu l'importance de la matière, il
sera le seul de mon voyage qui portera un titre.

14

XVI

SYSTÈME DU MONDE

Je crois donc que l'espace étant infini, la création l'est aussi, et que Dieu a créé dans son éternité une infinité de mondes dans l'immensité de l'espace.

XVII

J'avouerai cependant de bonne foi que je ne comprends guère mieux mon système que tous les autres systèmes éclos jusqu'à ce jour de l'imagination des philosophes anciens et modernes; mais le mien a l'avantage précieux d'être contenu dans quatre lignes, tout énorme qu'il est. Le lecteur indulgent voudra bien observer aussi qu'il a été composé tout entier au sommet d'une échelle. Je l'aurais cependant embelli de commentaires et de notes, si, dans le moment où j'étais le plus fortement occupé de mon sujet, je n'avais été distrait par des sons enchanteurs qui vinrent frapper agréablement mon oreille. Une voix telle que je n'en ai jamais entendu de plus mélodieuse, sans en

excepter même celle de Zénéide, une de ces
voix qui sont toujours à l'unisson des fibres de
mon cœur, chantait tout près de moi une
romance dont je ne perdis pas un mot, et qui
ne sortira jamais de ma mémoire. En écoutant
avec attention, je découvris que la voix partait
d'une fenêtre plus basse que la mienne : malheureusement je ne pouvais la voir, l'extrémité
du toit, au-dessus duquel s'élevait ma lucarne,
la cachant à mes yeux. Cependant le désir
d'apercevoir la sirène qui me charmait par ses
accords augmentait à proportion du charme de
la romance, dont les paroles touchantes auraient
arraché des larmes à l'être le plus insensible.
Bientôt, ne pouvant plus résister à ma curiosité,
je montai jusqu'au dernier échelon, je mis un
pied sur le bord du toit, et, me tenant d'une
main au montant de la fenêtre, je me suspendis
ainsi sur la rue, au risque de me précipiter.

Je vis alors sur un balcon à ma gauche, un
peu au-dessus de moi, une jeune femme en dés-

habillé blanc : sa main soutenait sa tête charmante, assez penchée pour laisser entrevoir, à
la lueur des astres, le profil le plus intéressant,
et son attitude semblait imaginée pour présenter dans tout son jour, à un voyageur aérien
comme moi, une taille svelte et bien prise ; un
de ses pieds nus, jeté négligemment en arrière,
était tourné de façon qu'il m'était possible,
malgré l'obscurité, d'en présumer les heureuses
dimensions, tandis qu'une jolie petite mule,
dont il était séparé, les déterminait encore
mieux à mon œil curieux. Je vous laisse à penser,
ma chère Sophie, quelle était la violence de ma
situation. Je n'osais faire la moindre excla-
mation, de peur d'effaroucher ma belle voisine,
ni le moindre mouvement, de peur de tomber
dans la rue. Un soupir m'échappa cependant
malgré moi ; mais je fus à temps d'en retenir la
moitié ; le reste fut emporté par un zéphyr qui
passait, et j'eus tout le loisir d'examiner la
rêveuse, soutenu dans cette position périlleuse

14.

par l'espoir de l'entendre chanter encore. Mais,
hélas! sa romance était finie, et mon mauvais
destin lui fit garder le silence le plus opiniâtre.
Enfin, après avoir attendu bien longtemps, je
crus pouvoir me hasarder à lui adresser la parole :
il ne s'agissait plus que de trouver un compliment digne d'elle et des sentiments qu'elle
m'avait inspirés. Oh! combien je regrettai de
n'avoir pas terminé mon épître dédicatoire en
vers! comme je l'aurais placée à propos dans
cette occasion! Ma présence d'esprit ne m'aban-
donna pas au besoin. Inspiré par la douce influence des astres et par le désir plus puissant
encore de réussir auprès d'une belle, après avoir
toussé légèrement pour la prévenir et pour
rendre le son de ma voix plus doux : « Il fait
bien beau temps cette nuit, » lui dis-je du ton
le plus affectueux qu'il me fut possible.

XVIII

Je crois entendre d'ici madame de Hautcastel,
qui ne me passe rien, me demander compte de
la romance dont j'ai parlé dans le chapitre précédent. Pour la première fois de ma vie je me
trouve dans la dure nécessité de lui refuser
quelque chose. Si j'insérais ces vers dans mon
voyage, on ne manquerait pas de m'en croire
l'auteur, ce qui m'attirerait, sur la nécessité
des contusions, plus d'une mauvaise plaisanterie
que je veux éviter. Je continuerai donc la relation de mon aventure avec mon aimable voisine, aventure dont la catastrophe inattendue,
ainsi que la délicatesse avec laquelle je l'ai conduite, sont faites pour intéresser toutes les
classes de lecteurs. Mais, avant de savoir ce

qu'elle me répondit et comment fut reçu le
compliment ingénieux que je lui avais adressé,
je dois répondre à certaines personnes qui se
croient plus éloquentes que moi, et qui me
condamneront sans pitié pour avoir commencé
la conversation d'une manière si triviale à leur
sens. Je leur prouverai que, si j'avais fait de
l'esprit dans cette occasion importante, j'aurais
manqué ouvertement aux règles de la prudence
et du bon goût. Tout homme qui entre en conversation avec une belle en disant un bon mot
ou en faisant un compliment, quelque flatteur
qu'il puisse être, laisse entrevoir des prétentions qui ne doivent paraître que lorsqu'elles
commencent à être fondées. En outre, s'il fait
de l'esprit, il est évident qu'il cherche à briller
et par conséquent qu'il pense moins à sa dame
qu'à lui-même. Or, les dames veulent qu'on
s'occupe d'elles; et, quoiqu'elles ne fassent pas
toujours exactement les mêmes réflexions que
je viens d'écrire, elles possèdent un sens exquis

et naturel qui leur apprend qu'une phrase triviale, dite par le seul motif de lier la conversation et de s'approcher d'elles, vaut mille fois
mieux qu'un trait d'esprit inspiré par la vanité,
et mieux encore (ce qui paraîtra bien étonnant),
qu'une épître dédicatoire en vers. Bien plus, je
soutiens (dût mon sentiment être regardé comme
un paradoxe) que cet esprit léger et brillant de
la conversation n'est pas même nécessaire dans
la plus longue liaison, si c'est vraiment le cœur
qui l'a formée ; et, malgré tout ce que les personnes qui n'ont aimé qu'à demi disent des
longs intervalles que laissent entre eux les sentiments vifs de l'amour et de l'amitié, la journée est toujours courte lorsqu'on la passe auprès de son amie, et le silence est aussi intéressant que la discussion.

Quoi qu'il en soit de ma dissertation, il est
très-sûr que je ne vis rien de mieux à dire, sur
le bord du toit où je me trouvais, que les paroles

en question. Je ne les eus pas plutôt prononcées que mon âme se transporta tout entière au tympan de mes oreilles; pour saisir jusqu'à la moindre nuance des sons que j'espérais entendre. La belle releva sa tête pour me regarder : ses longs cheveux se déployèrent comme un voile, et servirent de fond à son visage charmant, qui réfléchissait la lumière des étoiles. Déjà sa bouche était entr'ouverte, ses douces paroles s'avançaient sur ses lèvres.... Mais, ô ciel! quelle fut ma surprise et ma terreur!.... Un bruit sinistre se fit entendre : « Que faites-vous là, madame, à cette heure? Rentrez! » dit une voix mâle et sonore, dans l'intérieur de l'appartement. Je fus pétrifié.

XIX

Tel doit être le bruit qui vient effrayer les coupables lorsqu'on ouvre tout à coup devant eux les portes brûlantes du Tartare; ou tel encore doit être celui que font, sous les voûtes infernales, les sept cataractes du Styx, dont les poëtes ont oublié de parler.

XX

Un feu follet traversa le ciel en ce moment, et disparut presque aussitôt. Mes yeux, que la clarté du météore avait détournés un instant, se reportèrent sur le balcon et n'y virent plus que la petite pantoufle. Ma voisine, dans sa retraite précipitée avait oublié de la reprendre. Je contemplai longtemps ce joli moule du ciseau de Praxitèle avec une émotion dont je n'oserais avouer toute la force ; mais, ce qui pourra paraître bien singulier, et ce dont je ne saurais me rendre raison à moi-même, c'est qu'un charme insurmontable m'empêchait d'en détourner mes regards, malgré tous les efforts que je faisais pour les porter sur d'autres objets.

On raconte que, lorsqu'un serpent regarde

un rossignol, le malheureux oiseau, victime
d'un charme irrésistible, est forcé de s'approcher du reptile vorace. Ses ailes rapides ne lui
servent plus qu'à le conduire à sa perte, et,
chaque effort qu'il fait pour s'éloigner le rap-
proche de l'ennemi qui le poursuit de son regard inévitable.

Tel était sur moi l'effet de cette pantoufle,
sans que cependant je puisse dire avec certitude
qui, de la pantoufle ou de moi, était le serpent,
puisque, selon les lois de la physique, l'attraction devait être réciproque. Il est certain que
cette influence funeste n'était point un jeu de
mon imagination. J'étais si réellement et si
fortement attiré, que je fus deux fois au moment de lâcher la main et de me laisser tomber.
Cependant, comme le balcon sur lequel je voulais aller n'était pas exactement sous ma fenêtre,
mais un peu de côté, je vis fort bien que la force
de gravitation inventée par Newton venant à se
combiner avec l'attraction oblique de la pan-

toufle, j'aurais suivi dans ma chute une diago-
nale, et je serais tombé sur une guérite qui ne
me paraissait pas plus grosse qu'un œuf, de la
hauteur où je me trouvais, en sorte que mon
but aurait été manqué... Je me cramponnai
donc encore à la fenêtre, et, faisant un effort de
résolution, je parvins à lever les yeux et à regarder le ciel.

XXI

Je serais fort en peine d'expliquer et de définir exactement l'espèce de plaisir que j'éprouvais dans cette circonstance. Tout ce que je puis affirmer, c'est qu'il n'avait rien de commun avec celui que m'avait fait ressentir, quelques moments plus tôt, l'aspect de la voie lactée et du ciel étoilé. Cependant, comme dans les situations les plus embarrassantes de ma vie j'ai toujours aimé me rendre raison de ce qui se passe dans mon âme, je voulus à cette occasion me faire une idée bien nette du plaisir que peut ressentir un honnête homme lorsqu'il contemple la pantoufle d'une dame, comparé au plaisir que lui fait éprouver la contemplation des étoiles. Pour cet effet, je choisis dans

le ciel la constellation la plus apparente. C'é-
tait, si je ne me trompe, la chaise de Cassiopée
qui se trouvait au-dessus de ma tête, et je re-
gardai tour à tour la constellation et la pantoufle, la pantoufle et la constellation. Je vis
alors que ces deux sensations étaient de nature
toute différente : l'une était dans ma tête,
tandis que l'autre me semblait avoir son siége
dans la région du cœur. Mais ce que je n'a-
vouerai pas sans un peu de honte, c'est que
l'attrait qui me portait vers la pantoufle enchantée absorbait toutes mes facultés. L'enthousiasme que m'avait causé quelque temps
auparavant l'aspect du ciel étoilé n'existait plus
que faiblement, et bientôt il s'anéantit tout à
fait, lorsque j'entendis la porte du balcon se
rouvrir, et que j'aperçus un petit pied, plus
blanc que l'albâtre, s'avancer doucement et
s'emparer de la petite mule. Je voulus parler;
mais, n'ayant pas eu le temps de me préparer
comme la première fois, je ne retrouvai plus

ma présence d'esprit ordinaire, et j'entendis
la porte du balcon se refermer avant d'avoir
imaginé quelque chose de convenable à dire.

XXII

Les chapitres précédents suffiront, j'espère,
pour répondre victorieusement à une inculpa-
tion de madame de Hautcastel, qui n'a pas craint
de dénigrer mon premier voyage, sous le prétexte qu'on n'a pas l'occasion d'y faire l'amour.
Elle ne pourrait faire à ce nouveau voyage le
même reproche; et, quoique mon aventure
avec mon aimable voisine n'ait pas été poussée
bien loin, je puis assurer que j'y trouvai plus
de satisfaction que dans plus d'une autre circonstance, où je m'étais imaginé être très-
heureux, faute d'objet de comparaison. Chacun
jouit de la vie à sa manière; mais je croirais
manquer à ce que je dois à la bienveillance du
lecteur, si je lui laissais ignorer une découverte

qui, plus que toute autre chose, a contribué jusqu'ici à mon bonheur (à condition toutefois que cela restera entre nous); car il ne s'agit de rien moins que d'une nouvelle méthode de faire l'amour, beaucoup plus avantageuse que la précédente, sans avoir aucun de ses nombreux inconvénients. Cette invention étant spécialement destinée aux personnes qui voudront adopter ma nouvelle manière de voyager, je crois devoir consacrer quelques chapitres à leur instruction.

XXIII

J'avais observé, dans le cours de ma vie, que, lorsque j'étais amoureux suivant la méthode ordinaire, mes sensations ne répondaient jamais à mes espérances, et que mon imagination se voyait déjouée dans tous ses plans. En y réfléchissant avec attention, je pensai que, s'il m'était possible d'étendre le sentiment qui me porte à l'amour individuel sur tout le sexe qui en est l'objet, je me procurerais des jouissances nouvelles sans me compromettre en aucune façon. Quel reproche, en effet, pourrait-on faire à un homme qui se trouverait pourvu d'un cœur assez énergique pour aimer toutes les femmes aimables de l'univers? Oui, madame, je les aime toutes, et non-seulement celles que je connais, ou que j'espère rencontrer, mais toutes celles qui existent sur la surface de la terre. Bien plus, j'aime toutes les femmes qui ont existé, et celles qui existeront, sans compter un bien plus grand nombre encore que mon imagination tire du néant : toutes les femmes possibles enfin sont comprises dans le vaste cercle de mes affections.

Par quel injuste et bizarre caprice renfermerais-je un cœur comme le mien dans les bornes étroites d'une société? Que dis-je! pourquoi circonscrire son essor aux limites d'un royaume ou même d'une république?

Assise au pied d'un chêne battu par la tempête, une jeune veuve indienne mêle ses soupirs au bruit des vents déchaînés. Les armes du guerrier qu'elle aimait sont suspendues sur sa tête, et le bruit lugubre qu'elles font entendre en se heurtant ramène dans son cœur le souvenir de son bonheur passé. Cependant la foudre sillonne les nuages, et la lumière livide

15.

des éclairs se réfléchit dans ses yeux immobiles.
Tandis que le bûcher qui doit la consumer
s'élève, seule, sans consolation, dans la stu-
peur du désespoir, elle attend une mort af-
freuse qu'un préjugé cruel lui fait préférer à la
vie.

Quelle douce et mélancolique jouissance n'é-
prouve point un homme sensible en approchant
de cette infortunée pour la consoler! Tandis
qu'assis sur l'herbe, à côté d'elle, je cherche à
la dissuader de l'horrible sacrifice, et que, mêlant mes soupirs aux siens et mes larmes à ses
larmes, je tâche de la distraire de ses douleurs,
toute la ville accourt chez madame d'A***, dont
le mari vient de mourir d'un coup d'apoplexie.
Résolue aussi de ne point survivre à son malheur, insensible aux larmes et aux prières de
ses amis, elle se laisse mourir de faim; et,
depuis ce matin, où imprudemment on est venu
lui annoncer cette nouvelle, la malheureuse n'a
mangé qu'un biscuit, et n'a bu qu'un petit

verre de vin de Malaga. Je ne donne à cette femme désolée que la simple attention nécessaire pour ne pas enfreindre les lois de mon système universel, et je m'éloigne bientôt de chez elle, parce que je suis naturellement jaloux, et ne veux pas me compromettre avec une foule de consolateurs, non plus qu'avec les personnes trop aisées à consoler.

Les beautés malheureuses ont particulièrement des droits sur mon cœur, et le tribut de sensibilité que je leur dois n'affaiblit point l'intérêt que je porte à celles qui sont heureuses. Cette disposition varie à l'infini mes plaisirs, et me permet de passer tour à tour de la mélancolie à la gaieté et d'un repos sentimental à l'exaltation.

Souvent aussi je forme des intrigues amoureuses dans l'histoire ancienne, et j'efface des lignes entières dans les vieux registres du destin. Combien de fois n'ai-je pas arrêté la main parricide de Virginius et sauvé la vie à

sa fille infortunée, victime à la fois de l'excès
du crime et de celui de la vertu! Cet événement
me remplit de terreur lorsqu'il revient à ma
pensée; je ne m'étonne point s'il fut l'origine
d'une révolution.

J'espère que les personnes raisonnables,
ainsi que les âmes compatissantes, me sauront
gré d'avoir arrangé cette affaire à l'amiable; et
tout homme qui connaît un peu le monde
jugera comme moi que, si on avait laissé faire
le décemvir, cet homme passionné n'aurait pas
manqué de rendre justice à la vertu de Virginie : les parents s'en seraient mêlés; le père
Virginius, à la fin, se serait apaisé, et le mariage s'en serait suivi dans toutes les formes
voulues par la loi.

Mais le malheureux amant délaissé, que se-
rait-il devenu? Eh bien, l'amant, qu'a-t-il
gagné à ce meurtre? Mais, puisque vous voulez
bien vous apitoyer sur son sort, je vous appren-
drai, ma chère Marie, que six mois après la

mort de Virginie, il était non-seulement consolé, mais très-heureusement marié, et qu'après
avoir eu plusieurs enfants il perdit sa femme et
se remaria, six semaines après, avec la veuve
d'un tribun du peuple. Ces circonstances, igno-
rées jusqu'à ce jour, ont été découvertes et dé-
chiffrées dans un manuscrit palimpseste de la
bibliothèque Ambrosienne par un savant anti-
quaire italien. Elles augmenteront malheureusement d'une page l'histoire abominable et déjà
trop longue de la république romaine.

XXIV

Après avoir sauvé l'intéressante Virginie, j'échappe modestement à sa reconnaissance, et, toujours désireux de rendre service aux belles, je profite de l'obscurité d'une nuit pluvieuse, et je vais furtivement ouvrir le tombeau d'une jeune vestale que le sénat romain a eu la barbarie de faire enterrer vivante, pour avoir laissé éteindre le feu sacré de Vesta, ou peut-être bien pour s'y être légèrement brûlée. Je marche en silence dans les rues détournées de Rome avec le charme intérieur qui précède les bonnes actions, surtout lorsqu'elles ne sont pas sans danger. J'évite avec soin le Capitole, de peur d'éveiller les oies, et, me glissant à travers les gardes de la porte Colline, j'arrive heureusement au tombeau sans être aperçu.

Au bruit que je fais en soulevant la pierre qui le couvre, l'infortunée détache sa tête échevelée du sol humide du caveau. Je la vois, à la lueur de la lampe sépulcrale, jeter autour d'elle des regards égarés : dans son délire, la malheureuse victime croit être déjà sur les rives du Cocyte : « O Minos ! s'écrie-t-elle, ô juge inexorable ! j'aimais, il est vrai, sur la terre, contre les lois sévères de Vesta. Si les dieux sont aussi barbares que les hommes, ouvre, ouvre pour moi les abîmes du Tartare ! J'aimais et j'aime encore. — Non, non, tu n'es point encore dans le royaume des morts ; viens, jeune infortunée, reparais sur la terre ! renais à la lumière et à l'amour ! » Cependant je saisis sa main déjà glacée par le froid de la tombe ; je l'enlève dans mes bras, je la serre contre mon cœur, et je l'arrache enfin de cet horrible lieu, toute palpitante de frayeur et de reconnaissance.

Gardez-vous bien de croire, madame, qu'aucun intérêt personnel soit le mobile de cette bonne action. L'espoir d'intéresser en ma faveur la belle ex-vestale n'entre pour rien dans tout ce que je fais pour elle ; car je rentrerais ainsi dans l'ancienne méthode : je puis assurer, parole de voyageur, que, tant qu'a duré notre promenade, depuis la porte Colline jusqu'à l'endroit où se trouve maintenant le tombeau des Scipions, malgré l'obscurité profonde, et dans les moments mêmes où sa faiblesse m'obligeait de la soutenir dans mes bras, je n'ai cessé de la traiter avec les égards et le respect dus à ses malheurs, et je l'ai scrupuleusement rendue à son amant qui l'attendait sur la route.

XXV

Une autre fois, conduit par mes rêveries, je me trouvai par hasard à l'enlèvement des Sabines : je vis avec beaucoup de surprise que les Sabins prenaient la chose tout autrement que ne le raconte l'histoire. N'entendant rien à cette bagarre, j'offris ma protection à une femme qui fuyait ; et je ne pus m'empêcher de rire en l'accompagnant, lorsque j'entendis un Sabin furieux s'écrier avec l'accent du désespoir : « Dieux immortels! pourquoi n'ai-je point amené ma femme à la fête ! »

XXVI

Outre la moitié du genre humain à laquelle je porte une si vive affection, le dirai-je, et voudra-t-on me croire? mon cœur est doué d'une telle capacité de tendresse, que tous les êtres vivants et les choses inanimées elles-mêmes en ont aussi une bonne part. J'aime les arbres qui me prêtent leur ombre, et les oiseaux qui gazouillent sous le feuillage, et le cri nocturne de la chouette, et le bruit des torrents : j'aime tout... j'aime la lune !

Vous riez, mademoiselle : il est aisé de tourner en ridicule les sentiments que l'on n'éprouve pas ; mais les cœurs qui ressemblent au mien me comprendront.

Oui, je m'attache d'une véritable affection à

tout ce qui m'entoure. J'aime les chemins où je passe, la fontaine dans laquelle je bois : je ne me sépare pas sans quelque peine du rameau que j'ai pris au hasard dans une haie : je le regarde encore après l'avoir jeté ; nous avions déjà fait connaissance : je regrette les feuilles qui tombent, et jusqu'au zéphyr qui passe. Où est maintenant celui qui agitait tes cheveux noirs, Élisa, lorsque, assise auprès de moi sur les bords de la Doire, la veille de notre éternelle séparation, tu me regardais dans un triste silence ? Où est ton regard ? où est cet instant douloureux et chéri ?

O temps !... divinité terrible ! ce n'est pas ta faulx cruelle qui m'épouvante ; je ne crains que tes hideux enfants, l'indifférence et l'oubli, qui font une longue mort des trois quarts de notre existence.

Hélas ! ce zéphyr, ce regard, ce sourire sont aussi loin de moi que les aventures d'Ariane. Il ne reste plus au fond de mon cœur que des regrets et de vains souvenirs : triste mélange sur lequel ma vie surnage encore, comme un vaisseau fracassé par la tempête flotte quelque temps encore sur la mer agitée !

XXVII

Jusqu'à ce que, l'eau s'introduisant peu à peu entre les branches brisées, le malheureux vaisseau disparaisse englouti dans l'abîme ; les vagues le recouvrent, la tempête s'apaise, et l'hirondelle de mer rase la plaine solitaire et tranquille de l'Océan.

XXVIII

Je me vois forcé de terminer ici l'explication
de ma nouvelle méthode de faire l'amour, parce
que je m'aperçois qu'elle tombe dans le noir.
Il ne sera pas cependant hors de propos d'ajouter encore quelques éclaircissements sur cette
découverte, qui ne convient pas généralement
à tout le monde ni à tous les âges. Je ne conseil-
lerais à personne de la mettre en usage à vingt
ans. L'inventeur lui-même n'en usait pas à cette
époque de sa vie. Pour en tirer tout le parti possible, il faut avoir éprouvé tous les chagrins de
la vie sans être découragé, et toutes les jouissances sans en être dégoûté. Point difficile! Elle
est surtout utile à cet âge où la raison nous con-
seille de renoncer aux habitudes de la jeunesse,

et peut servir d'intermédiaire et de passage insensible entre le plaisir et la sagesse. Ce passage, comme l'ont observé tous les moralistes, est très-difficile. Peu d'hommes ont le noble courage de le franchir galamment; et souvent, après avoir fait le pas, ils s'ennuient sur l'autre bord, et repassent le fossé en cheveux gris et à leur grande honte. C'est ce qu'ils éviteront sans peine par ma nouvelle manière de faire l'amour. En effet, la plupart de nos plaisirs n'étant autre chose qu'un jeu de l'imagination, il est essentiel de lui présenter une pâture innocente pour la détourner des objets auxquels nous devons renoncer, à peu près comme l'on présente des joujoux aux enfants, lorsqu'on leur refuse des bonbons. De cette manière on a le temps de s'affermir sur le terrain de la sagesse sans penser y être encore, et l'on arrive par le chemin de la folie, ce qui en facilitera singulièrement l'accès à beaucoup de monde.

Je crois donc ne m'être point trompé dans

l'espoir d'être utile qui m'a fait prendre la
plume, et je n'ai plus qu'à me défendre du
mouvement naturel d'amour-propre que je
pourrais légitimement ressentir en dévoilant
aux hommes de semblables vérités.

XXIX

Toutes ces confidences, ma chère Sophie, ne vous auront pas fait oublier, j'espère, la position gênante dans laquelle vous m'avez laissé sur ma fenêtre. L'émotion que m'avait causée l'aspect du joli pied de ma voisine durait encore, et j'étais plus que jamais retombé sous le charme dangereux de la pantoufle, lorsqu'un événement imprévu vint me tirer du péril où j'étais de me précipiter du cinquième étage dans la rue. Une chauve-souris qui rôdait autour de la maison, et qui, me voyant immobile depuis si longtemps, me prit apparemment pour une cheminée, vint tout à coup s'abattre sur moi et s'accrocher à mon oreille. Je sentis sur ma joue l'horrible fraîcheur de

16

ses ailes humides. Tous les échos de Turin répondirent au cri furieux que je poussai malgré moi. Les sentinelles éloignées donnèrent le *qui-vive*, et j'entendis dans la rue la marche précipitée d'une patrouille.

J'abandonnai sans beaucoup de peine la vue du balcon, qui n'avait plus aucun attrait pour moi. Le froid de la nuit m'avait saisi. Un léger frisson me parcourut de la tête aux pieds; et, comme je croisais ma robe de chambre pour me réchauffer, je vis, à mon grand regret, que cette sensation de froid, jointe à l'insulte de la chauve-souris, avait suffi pour changer de nouveau le cours de mes idées. La pantoufle magique n'aurait pas eu dans ce moment plus d'influence sur moi que la chevelure de Bérénice ou toute autre constellation. Je calculai tout de suite combien il était déraisonnable de passer la nuit exposé à l'intempérie de l'air, au lieu de suivre le vœu de la nature, qui nous ordonne le sommeil. Ma raison, qui dans ce moment agissait seule en moi, me fit voir cela prouvé comme une proposition d'Euclide. Enfin je fus tout à coup privé d'imagination et d'enthousiasme, et livré sans secours à la triste réalité. Existence déplorable! Autant vaudrait-il être un arbre sec dans une forêt, ou bien un obélisque au milieu d'une place!

Les deux étranges machines, m'écriai-je alors, que la tête et le cœur de l'homme! Emporté tour à tour par ces deux mobiles de ses actions dans deux directions contraires, la dernière qu'il suit lui semble toujours la meilleure! O folie de l'enthousiasme et du sentiment! dit la froide raison; ô faiblesse et incertitude de la raison! dit le sentiment. Qui pourra jamais, qui osera décider entre eux?

Je pensai qu'il serait beau de traiter la question sur place, et de décider une bonne fois auquel de ces deux guides il convenait de me confier pour le reste de ma vie. Suivrai-je désormais ma tête ou mon cœur? Examinons.

XXX

En disant ces mots, je m'aperçois d'une douleur sourde dans celui de mes pieds qui reposait sur l'échelon. J'étais en outre très-fatigué de la position difficile que j'avais gardée jusqu'alors. Je me baissai doucement pour m'asseoir; et, laissant pendre mes jambes à droite et à gauche de la fenêtre, je commençai mon voyage à cheval. J'ai toujours préféré cette manière de voyager à toute autre, et j'aime passionnément les chevaux; cependant, de tous ceux que j'ai vus, ou dont j'ai pu entendre parler, celui dont j'aurais le plus ardemment désiré la possession est le cheval de bois dont il est parlé dans les *Mille et une Nuits*, sur lequel on pouvait voyager dans les airs, qui partait comme l'éclair lorsqu'on tournait une petite cheville entre ses oreilles.

Or, l'on peut remarquer que ma monture ressemble beaucoup à celle des *Mille et une Nuits*. Par sa position, le voyageur à cheval sur sa fenêtre communique d'un côté avec le ciel, et jouit de l'imposant spectacle de la nature ; les météores et les astres sont à sa disposition : de l'autre, l'aspect de sa demeure et les objets qu'elle contient le ramènent à l'idée de son existence, et le font rentrer en lui-même. Un seul mouvement de la tête remplace la cheville enchantée, et suffit pour opérer dans l'âme du voyageur un changement aussi rapide qu'extraordinaire. Tour à tour habitant de la terre et des cieux, son esprit et son cœur parcourent toutes les jouissances qu'il est donné à l'homme d'éprouver.

Je pressentis d'avance tout le parti que je pouvais tirer de ma monture. Lorsque je me sentis bien en selle et arrangé de mon mieux,

16.

certain de n'avoir rien à craindre des voleurs
ni des faux pas de mon cheval, je crus l'occasion
très-favorable pour me livrer à l'examen du
problème que je devais résoudre, touchant la
prééminence de la raison ou du sentiment.
Mais la première réflexion que je fis à ce sujet
m'arrêta tout court. Est-ce bien à moi de
m'établir juge dans une semblable cause? me
dis-je tout bas; à moi, qui, dans ma conscience,
donne d'avance gain de cause au sentiment? —
Mais, d'autre part, si j'exclus les personnes
dont le cœur l'emporte sur la tête, qui pour-
rai-je consulter? Un géomètre? bah! ces gens-là
sont vendus à la raison. Pour décider ce point,
il faudrait trouver un homme qui eût reçu de
la nature une égale dose de raison et de sentiment, et qu'au moment de la décision ces
deux facultés fussent parfaitement en équilibre... chose impossible! Il serait plus aisé
d'équilibrer une république.

Le seul juge compétent serait donc celui qui

n'aurait rien de commun ni avec l'un ni avec
l'autre, un homme enfin sans tête et sans cœur.
Cette étrange conséquence révolta ma raison;
mon cœur, de son côté, protesta n'y avoir aucune part. Cependant il me semblait avoir raisonné juste, et j'aurais, à cette occasion, pris la
plus mauvaise idée de mes facultés intellec-
tuelles, si j'avais réfléchi que, dans les spéculations de haute métaphysique, comme celle
dont il est question, des philosophes du premier ordre ont été souvent conduits, par des
raisonnements suivis, à des conséquences af-
freuses, qui ont influé sur le bonheur de la
société humaine. Je me consolai donc, pensant
que le résultat de mes spéculations ne ferait
au moins de mal à personne. Je laissai la question indécise, et je résolus, pour le reste de
mes jours, de suivre alternativement ma tête
ou mon cœur, suivant que l'un des deux
l'emporterait sur l'autre. Je crois, en effet, que
c'est la meilleure méthode. Elle ne m'a pas fait

faire, à la vérité, une grande fortune jusqu'ici, me disais-je. N'importe, je vais, descendant le sentier rapide de la vie, sans crainte et sans projets, en riant et en pleurant tour à tour, et souvent à la fois, ou bien en sifflant quelque vieux air pour me désennuyer le long du chemin. D'autres fois, je cueille une marguerite dans le ccin d'une haie ; j'en arrache les feuilles les unes après les autres, en disant : « Elle m'aime, un peu, beaucoup, passionnément, pas du tout. » La dernière amène presque toujours *pas du tout.* En effet, Élisa ne m'aime plus.

Tandis que je m'occupe ainsi, la génération entière des vivants passe : semblable à une immense vague, elle va bientôt se briser avec moi sur le rivage de l'éternité ; et, comme si l'orage de la vie n'était pas assez impétueux, comme s'il nous poussait trop lentement aux barrières de l'existence, les nations en masse s'égorgent en courant et préviennent le terme fixé par la nature. Des conquérants, entraînés eux-mêmes par le tourbillon rapide du temps, s'amusent à jeter des milliers d'hommes sur le carreau. Eh! messieurs, à quoi songez-vous? Attendez!... ces bonnes gens allaient mourir de leur belle mort. Ne voyez-vous pas la vague qui s'avance? elle écume déjà près du rivage... Attendez, au nom du ciel, encore un instant; et vous, et vos ennemis, et moi, et les marguerites, tout cela va finir! Peut-on s'étonner assez d'une semblable démence! Allons, c'est un point résolu; dorénavant, moi-même je n'effeuillerai plus de marguerites.

XXXI

Après m'être fixé pour l'avenir une règle de conduite prudente, au moyen d'une logique lumineuse, comme on l'a vu dans les chapitres précédents, il me restait un point très-important à décider au sujet du voyage que j'allais entreprendre. Ce n'est pas tout, en effet, que de se placer en voiture ou à cheval, il faut encore savoir où l'on veut aller. J'étais si fatigué des recherches métaphysiques dont je venais de m'occuper, qu'avant de me décider sur la région du globe à laquelle je donnerais la préférence, je voulus me reposer quelque temps en ne pensant à rien. C'est une manière d'exister qui est aussi de mon invention, et qui m'a souvent été d'un grand avantage; mais il n'est pas accordé à tout le monde de savoir en user : car, s'il est aisé de donner de la profondeur à ses idées en s'occupant fortement d'un sujet, il ne l'est point autant d'arrêter tout à coup sa pensée comme l'on arrête le balancier d'une pendule. Molière a fort mal à propos tourné en ridicule un homme qui s'amusait à faire des ronds dans un puits; je serais, quant à moi, très-porté à croire que cet homme était un philosophe qui avait le pouvoir de suspendre l'action de son intelligence pour se reposer, opération des plus difficiles que puisse exécuter l'esprit humain. Je sais que les personnes qui ont reçu cette faculté sans l'avoir désirée, et qui ne pensent ordinairement à rien, m'accuseront de plagiat et réclameront la priorité d'invention; mais l'état d'immobilité intellectuelle dont je veux parler est tout autre que celui dont ils jouissent et dont M. Necker a fait l'apologie [1]. Le mien est

1. *Sur le bonheur des sots.* 1782, in-12.

toujours volontaire et ne peut être que momentané ; pour en jouir dans toute sa plénitude, je fermai les yeux en m'appuyant des deux mains sur la fenêtre, comme un cavalier fatigué s'appuie sur le pommeau de sa selle, et bientôt le souvenir du passé, le sentiment du présent et la prévoyance de l'avenir s'anéantirent dans mon âme.

Comme ce mode d'existence favorise puissamment l'invasion du sommeil, après une demi-minute de jouissance, je sentis que ma tête tombait sur ma poitrine : j'ouvris à l'instant mes yeux, et mes idées reprirent leur cours ; circonstance qui prouve évidemment que l'espèce de léthargie volontaire dont il s'agit est bien différente du sommeil, puisque je fus éveillé par le sommeil lui-même ; accident qui n'est certainement jamais arrivé à personne.

En élevant mes regards vers le ciel, j'aperçus l'étoile polaire sur le faîte de la maison ; ce qui me parut d'un bien bon augure au moment où j'allais entreprendre un long voyage. Pendant l'intervalle de repos dont je venais de jouir, mon imagination avait repris toute sa force, et mon cœur était prêt à recevoir les plus douces impressions; tant ce passager anéantissement de la pensée peut augmenter son énergie! Le fond de chagrin que ma situation précaire dans le monde me faisait sourdement éprouver fut remplacé tout à coup par un sentiment vif d'espérance et de courage; je me sentis capable d'affronter la vie et toutes les chances d'infortune ou de bonheur qu'elle traîne après elle.

Astre brillant! m'écriai-je dans l'extase délicieuse qui me ravissait, incompréhensible production de l'éternelle pensée! toi qui seul, immobile dans les cieux, veilles depuis le jour de la création sur une moitié de la terre! toi qui diriges le navigateur sur les déserts de l'Océan, et dont un seul regard a souvent rendu l'espoir et la vie au matelot pressé par la tem-

17

pête! si jamais, lorsqu'une nuit sereine m'a permis de contempler le ciel, je n'ai manqué de te chercher parmi tes compagnes, assiste-moi, lumière céleste! Hélas! la terre m'abandonne : sois aujourd'hui mon conseil et mon guide, apprends-moi quelle est la région du globe où je dois me fixer.

Pendant cette invocation, l'étoile semblait rayonner plus vivement et se réjouir dans le ciel, en m'invitant à me rapprocher de son influence protectrice.

Je ne crois pe t aux pressentiments; mais je crois à une providence divine qui conduit les hommes par des moyens inconnus. Chaque instant de notre existence est une création nouvelle, un acte de la toute-puissante volonté. L'ordre inconstant qui produit les formes toujours nouvelles et les phénomènes inexplicables des nuages est déterminé pour chaque instant jusque dans la moindre parcelle d'eau qui les compose : les événements de notre vie ne sau-

raient avoir d'autre cause, et les attribuer au
hasard serait le comble de la folie. Je puis
même assurer qu'il m'est quelquefois arrivé
d'entrevoir les fils imperceptibles avec lesquels
la Providence fait agir les plus grands hommes
comme des marionnettes, tandis qu'ils s'ima-
ginent conduire le monde ; un petit mouvement
d'orgueil qu'elle leur souffle dans le cœur suffit
pour faire périr des armées entières, et pour
retourner une nation sens dessus dessous. Quoi
qu'il en soit, je croyais si fermement à la réalité
de l'invitation que j'avais reçue de l'étoile polaire, que mon parti fut pris à l'instant même
d'aller vers le nord ; et, quoique je n'eusse dans
ces régions éloignées aucun point de préférence
ni aucun but déterminé, lorsque je partis de
Turin le jour suivant, je sortis par la porte
Palais, qui est au nord de la ville, persuadé
que l'étoile polaire ne m'abandonnerait pas.

XXXII

J'en étais là de mon voyage, lorsque je fus obligé de descendre précipitamment de cheval. Je n'aurais pas tenu compte de cette particularité, si je ne devais en conscience instruire les personnes qui voudraient adopter cette manière de voyager des petits inconvénients qu'elle présente, après leur en avoir exposé les immenses avantages.

Les fenêtres, en général, n'ayant pas été primitivement inventées pour la nouvelle destination que je leur ai donnée, les architectes qui les construisent négligent de leur donner la forme commode et arrondie d'une selle anglaise. Le lecteur intelligent comprendra, je l'espère, sans autre explication, la cause douloureuse qui me força de faire une halte. Je descendis assez péniblement, et je fis quelques tours à pied dans la longueur de ma chambre pour me dégourdir, en réfléchissant sur le mélange de peines et de plaisirs dont la vie est parsemée, ainsi que sur l'espèce de fatalité qui rend les hommes esclaves des circonstances les plus insignifiantes. Après quoi, je m'empressai de remonter à cheval, muni d'un coussin d'édredon : ce que je n'aurais pas osé faire quelques jours auparavant, de crainte d'être hué par la cavalerie ; mais, ayant rencontré la veille aux portes de Turin un parti de Cosaques qui arrivaient sur de semblables coussins des bords des Palus-Méotides et de la mer Caspienne, je crus, sans déroger aux lois de l'équitation, que je respecte beaucoup, pouvoir adopter le même usage.

Délivré de la sensation désagréable que j'ai laissé deviner, je pus m'occuper sans inquiétude de mon plan de voyage.

Une des difficultés qui me tracassaient le plus, parce qu'elle tenait à ma conscience, était de savoir si je faisais bien ou mal d'abandonner ma patrie, dont la moitié m'avait elle-même abandonné [1]. Une semblable démarche me semblait trop importante pour m'y décider légèrement. En réfléchissant sur ce mot de patrie, je m'aperçus que je n'en avais pas une idée claire. « Ma patrie? En quoi consiste la patrie? Serait-ce un assemblage de maisons, de champs, de rivières? Je ne saurais le croire. C'est peut-être ma famille, mes amis qui constituent ma patrie? mais ils l'ont déjà quittée. Ah! m'y voilà, c'est le gouvernement? mais il est changé. Bon Dieu! où donc est ma patrie? » Je passai la main sur mon front dans un état d'inquiétude inexprimable. L'amour de la patrie est tellement énergique! Les regrets que j'éprouvais moi-même, à la seule pensée

---

1. L'auteur servait en Piémont lorsque la Savoie, où il est né, fut réunie à la France.

d'abandonner la mienne, m'en prouvaient si bien la réalité, que je serais resté à cheval toute ma vie plutôt que de désemparer avant d'avoir coulé à fond cette difficulté.

Je vis bientôt que l'amour de la patrie dépend de plusieurs éléments réunis, c'est-à-dire de la longue habitude que prend l'homme, depuis son enfance, des individus, de la localité et du gouvernement. Il ne s'agissait plus que d'examiner en quoi ces trois bases contribuent, chacune pour sa part, à constituer la patrie.

L'attachement à nos compatriotes, en général, dépend du gouvernement, et n'est autre chose que le sentiment de la force et du bonheur qu'il nous donne en commun ; car le véritable attachement se borne à la famille et à un petit nombre d'individus dont nous sommes environnés immédiatement. Tout ce qui rompt l'habitude ou la facilité de se rencontrer rend les hommes ennemis : une chaîne de montagnes forme de part et d'autre des ultramontains qui ne s'aiment pas; les habitants de la rive droite d'un fleuve se croient fort supérieurs à ceux de la rive gauche, et ceux-ci se moquent à leur tour de leurs voisins. Cette disposition se remarque jusque dans les grandes villes partagées par un fleuve, malgré les ponts qui réunissent ses bords.

La différence du langage éloigne bien davantage encore les hommes du même gouvernement; enfin la famille elle-même, dans laquelle réside notre véritable affection, est souvent dispersée dans la patrie; elle change continuellement dans la forme et dans le nombre; en outre, elle peut être transportée. Ce n'est donc ni dans nos compatriotes ni dans notre famille que réside absolument l'amour de la patrie.

La localité contribue pour le moins autant à l'attachement que nous portons à notre pays natal. Il se présente à ce sujet une question fort intéressante : on a remarqué de tout temps que les montagnards sont, de tous les peuples, ceux qui sont le plus attachés à leur pays, et que les

peuples nomades habitent en général les grandes
plaines. Quelle peut être la cause de cette différence dans l'attachement de ces peuples à la
localité? Si je ne me trompe, la voici : dans les
montagnes, la patrie a une physionomie; dans
les plaines, elle n'en a point. C'est une femme
sans visage qu'on ne saurait aimer, malgré toutes
ses bonnes qualités. Que reste-t-il, en effet, de
sa patrie locale à l'habitant d'un village de bois,
lorsque, après le passage de l'ennemi, le village
est brûlé et les arbres coupés? Le malheureux
cherche en vain, dans la ligne uniforme de l'horizon, quelque objet connu qui puisse lui donner
des souvenirs : il n'en existe aucun. Chaque
point de l'espace lui présente le même aspect
et le même intérêt. Cet homme est nomade par
le fait, à moins que l'habitude du gouvernement
ne le retienne; mais son habitation sera ici ou
là, n'importe; sa patrie est partout où le gouvernement a son action : il n'aura qu'une demi-
patrie. Le montagnard s'attache aux objets qu'il

17.

a sous les yeux depuis son enfance, et qui ont des formes visibles et indestructibles : de tous les points de la vallée, il voit et reconnaît son champ sur le penchant de la côte. Le bruit du torrent qui bouillonne entre les rochers n'est jamais interrompu ; le sentier qui conduit au village se détourne auprès d'un bloc immuable de granit. Il voit en songe le contour des montagnes qui est peint dans son cœur, comme, après avoir regardé longtemps les vitraux d'une fenêtre, on les voit encore en fermant les yeux : le tableau gravé dans sa mémoire fait partie de lui-même et ne s'efface jamais. Enfin, les souvenirs eux-mêmes se rattachent à la localité ; mais il faut qu'elle ait des objets dont l'origine soit ignorée, et dont on ne puisse prévoir la fin. Les anciens édifices, les vieux ponts, tout ce qui porte le caractère de grandeur et de longue durée, remplace en partie les montagnes dans l'affection des localités : cependant les monuments de la nature ont plus de puissance sur le cœur. Pour donner à Rome un surnom digne d'elle, les orgueilleux Romains l'appelèrent *la ville aux sept collines*. L'habitude prise ne peut jamais être détruite. Le montagnard, à l'âge mûr, ne s'affectionne plus aux localités d'une grande ville, et l'habitant des villes ne saurait devenir un montagnard. De là vient peut-être qu'un des plus grands écrivains de nos jours, qui a peint avec génie les déserts de l'Amérique, a trouvé les Alpes mesquines, et le mont Blanc considérablement trop petit.

La part du gouvernement est évidente : il est la première base de la patrie. C'est lui qui produit l'attachement réciproque des hommes, et qui rend plus énergique celui qu'ils portent naturellement à la localité; lui seul, par des souvenirs de bonheur ou de gloire, peut les attacher au sol qui les a vus naître.

Le gouvernement est-il bon? la patrie est dans toute sa force; devient-il vicieux? la patrie est malade; change-t-il? elle meurt. C'est alors une nouvelle patrie, et chacun est le maître de l'adopter ou d'en choisir une autre.

Lorsque toute la population d'Athènes quitta cette ville sur la foi de Thémistocle, les Athéniens abandonnèrent-ils leur patrie, ou l'emportèrent-ils avec eux sur leurs vaisseaux?

Lorsque Coriolan...

Bon Dieu! dans quelle discussion me suis-je engagé! j'oublie que je suis à cheval sur ma fenêtre.

XXXIII

J'avais une vieille parente de beaucoup d'esprit, dont la conversation était des plus intéressantes ; mais sa mémoire, à la fois inconstante et fertile, la faisait passer souvent d'épisodes en épisodes, et de digressions en digressions, au point qu'elle était obligée d'implorer le secours de ses auditeurs : « Que voulais-je donc vous raconter ? » disait-elle, et souvent aussi ses auditeurs l'avaient oublié, ce qui jetait toute la société dans un embarras inexprimable. Or, l'on a pu remarquer que le même accident m'arrive souvent dans mes narrations, et je dois convenir en effet que le plan et l'ordre de mon voyage sont exactement calqués sur l'ordre et le plan des conversations de ma tante ; mais je ne demande main-forte à personne, parce que je me suis aperçu que mon sujet revient de lui-même, et au moment où je m'y attends le moins.

XXXIV

Les personnes qui n'approuveront pas ma dissertation sur la patrie doivent être prévenues que, depuis quelque temps, le sommeil s'emparait de moi, malgré les efforts que je faisais pour le combattre. Cependant je ne suis pas bien sûr maintenant si je m'endormis alors tout de bon, et si les choses extraordinaires que je vais raconter furent l'effet d'un rêve ou d'une vision surnaturelle.

Je vis descendre du ciel un nuage brillant qui s'approchait de moi peu à peu, et qui recouvrait, comme d'un voile transparent, une jeune personne de vingt-deux à vingt-trois ans. Je chercherais vainement des expressions pour décrire le sentiment que son aspect me fit éprouver. Sa physionomie, rayonnante de bonté et de bienveillance, avait le charme des illusions de la jeunesse, et était douce comme les rêves de l'avenir; son regard, son paisible sourire, tous ces traits, enfin, réalisaient à mes yeux l'être idéal que cherchait mon cœur depuis si longtemps, et que j'avais désespéré de rencontrer jamais.

Tandis que je la contemplais dans une extase délicieuse, je vis briller l'étoile polaire entre les boucles de sa chevelure noire, que soulevait le vent du nord, et au même instant des paroles consolatrices se firent entendre. Que dis-je? des paroles! c'était l'expression mystérieuse de la pensée céleste qui dévoilait l'avenir à mon intelligence, tandis que mes sens étaient enchaînés par le sommeil; c'était une communication prophétique de l'astre favorable que je venais d'invoquer, et dont je vais tâcher d'exprimer le sens dans une langue humaine.

« Ta confiance en moi ne sera point trompée, disait une voix dont le timbre ressemblait au son des harpes éoliennes. Regarde, voici la compagne que je t'ai réservée ; voici le bien auquel aspirent vainement les hommes qui pensent que le bonheur est un calcul, et qui demandent à la terre ce qu'on ne peut obtenir que du ciel. » A ces mots, le météore rentra dans la profondeur des cieux, l'aérienne divinité se perdit dans les brumes de l'horizon ; mais, en s'éloignant, elle jeta sur moi des regards qui remplirent mon cœur de confiance et d'espoir.

Aussitôt brûlant de le suivre, je piquai des deux de toute ma force ; et, comme j'avais oublié de mettre des éperons, je frappai du talon droit contre l'angle d'une tuile, avec tant de violence que la douleur me réveilla en sursaut.

XXXV

Cet accident fut d'un avantage réel pour la partie géologique de mon voyage, parce qu'il me donna l'occasion de connaître exactement la hauteur de ma chambre au-dessus des couches d'alluvion qui forment le sol sur lequel est bâtie la ville de Turin.

Mon cœur palpitait fortement, et je venais d'en compter trois battements et demi depuis l'instant où j'avais piqué mon cheval, lorsque j'entendis le bruit de ma pantoufle qui était tombée dans la rue, ce qui, calcul fait du temps que mettent les corps graves dans leur chute accélérée, et de celui qu'avaient employé les ondulations sonores de l'air pour venir de la rue à mon oreille, détermina la hauteur de ma fenêtre à quatre-vingt-quatorze pieds trois lignes et deux dixièmes de ligne depuis le niveau du pavé de Turin, en supposant que mon cœur agité par le rêve battait cent vingt fois par minute, ce qui ne peut être très-éloigné de la vérité. Ce n'est que sous le rapport de la science qu'après avoir parlé de la pantoufle intéressante de ma belle voisine j'ai osé faire mention de la mienne : aussi je préviens que ce chapitre n'est absolument fait que pour les savants.

XXXVI

La brillante vision dont je venais de jouir me fit sentir plus vivement, à mon réveil, toute l'horreur de l'isolement dans lequel je me trouvais. Je promenai mes regards autour de moi, et je ne vis plus que les toits et les cheminées. Hélas! suspendu au cinquième étage entre le ciel et la terre, environné d'un océan de regrets, de désirs et d'inquiétudes, je ne tenais plus à l'existence que par une lueur incertaine d'espoir : appui fantastique dont j'avais éprouvé trop souvent la fragilité. Le doute rentra bientôt dans mon cœur, encore tout meurtri des mécomptes de la vie, et je crus fermement que l'étoile polaire s'était moquée de moi. Injuste et coupable défiance, dont l'astre m'a puni par dix ans d'attente! Oh! si j'avais pu prévoir alors que toutes ces promesses seraient accomplies, et que je retrouverais un jour sur la terre l'être adoré dont je n'avais fait qu'entrevoir l'image dans le ciel! Chère Sophie, si j'avais su que mon bonheur surpasserait toutes mes espérances!... Mais il ne faut pas anticiper sur les événements : je reviens à mon sujet, ne voulant pas intervertir l'ordre méthodique et sévère auquel je me suis assujetti dans la rédaction de mon voyage.

XXXVII

L'horloge du clocher de Saint-Philippe sonna lentement minuit. Je comptai l'un après l'autre chaque tintement de la cloche, et le dernier m'arracha un soupir. « Voilà donc, me dis-je, un jour qui vient de se détacher de ma vie; et, quoique les vibrations décroissantes du son de l'airain frémissent encore à mon oreille, la partie de mon voyage qui a précédé minuit est déjà tout aussi loin de moi que le voyage d'Ulysse ou celui de Jason. Dans cet abîme du passé, les instants et les siècles ont la même longueur; et l'avenir a-t-il plus de réalité? » Ce sont deux néants entre lesquels je me trouve en équilibre comme sur le tranchant d'une lame. En vérité, le temps me paraît quelque chose de si inconcevable, que je serais tenté de croire qu'il n'existe réellement pas, et que ce qu'on nomme ainsi n'est autre chose qu'une punition de la pensée.

Je me réjouissais d'avoir trouvé cette définition du temps, aussi ténébreuse que le temps lui-même, lorsqu'une autre horloge sonna minuit, ce qui me donna un sentiment désagréable. Il me reste toujours un fond d'humeur lorsque je me suis inutilement occupé d'un problème insoluble, et je trouvai fort déplacé ce second avertissement de la cloche à un philosophe comme moi. Mais j'éprouvai décidément un véritable dépit quelques secondes après, lorsque j'entendis de loin une troisième cloche, celle du couvent des Capucins, situé sur l'autre rive du Pô, sonner encore minuit, comme par malice.

Lorsque ma tante appelait une ancienne femme de chambre, un peu revêche, qu'elle affectionnait cependant beaucoup, elle ne se

contentait pas, dans son impatience, de sonner
une fois, mais elle tirait sans relâche le cordon
de la sonnette jusqu'à ce que la suivante parût.
« Arrivez donc, mademoiselle Branchet ! » Et
celle-ci, fâchée de se voir presser ainsi, venait
tout doucement, et répondait avec beaucoup
d'aigreur, avant d'entrer au salon : « On y va,
madame, on y va. » Tel fut aussi le sentiment
d'humeur que j'éprouvai lorsque j'entendis la
cloche indiscrète des Capucins sonner minuit
pour la troisième fois. « Je le sais, m'écriai-je,
en étendant les mains du côté de l'horloge; oui,
je le sais, je sais qu'il est minuit : je ne le sais
que trop. »

C'est, il n'en faut pas douter, par un conseil
insidieux de l'esprit malin que les hommes ont
chargé cette heure de diviser leurs jours. Ren-
fermés dans leurs habitations, ils dorment ou
s'amusent, tandis qu'elle coupe un fil de leur
existence : le lendemain, ils se lèvent gaiement,
sans se douter le moins du monde qu'ils ont

un jour de plus. En vain la voix prophétique de l'airain leur annonce l'approche de l'éternité, en vain elle leur répète tristement chaque heure qui vient de s'écouler; ils n'entendent rien, ou, s'ils entendent, ils ne comprennent pas. O minuit!... heure terrible!... Je ne suis pas superstitieux, mais cette heure m'inspira toujours une espèce de crainte, et j'ai le pressentiment que, si jamais je venais à mourir, ce serait à minuit. Je mourrai donc un jour? Comment! je mourrai? moi qui parle, moi qui me sens et qui me touche, je pourrais mourir? J'ai quelque peine à le croire : car enfin, que les autres meurent, rien n'est plus naturel : on voit cela tous les jours : on les voit passer, on s'y habitue; mais mourir soi-même ! mourir en personne! c'est un peu fort. Et vous, messieurs, qui prenez ces réflexions pour du galimatias, apprenez que telle est la manière de penser de tout le monde, et la vôtre à vous-même. Personne ne songe qu'il doit mourir. S'il existait

18

une race d'hommes immortels, l'idée de la mort les effrayerait plus que nous.

Il y a là dedans quelque chose que je ne m'explique pas. Comment se fait-il que les hommes, sans cesse agités par l'espérance et par les chimères de l'avenir, s'inquiètent si peu de ce que cet avenir leur offre de certain et d'inévitable? Ne serait-ce point la nature bienfaisante elle-même qui nous aurait donné cette heureuse insouciance, afin que nous puissions remplir en paix notre destinée? Je crois en effet que l'on peut être fort honnête homme sans ajouter aux maux réels de la vie cette tournure d'esprit qui porte aux réflexions lugubres, et sans se troubler l'imagination par de noirs fantômes. Enfin, je pense qu'il faut se permettre de rire, ou du moins de sourire, toutes les fois que l'occasion innocente s'en présente.

Ainsi finit la méditation que m'avait inspirée l'horloge de Saint-Philippe. Je l'aurais poussée plus loin, s'il ne m'était survenu quelque scrupule sur la sévérité de la morale que je venais d'établir. Mais, ne voulant pas approfondir ce doute, je sifflai l'air des *Folies d'Espagne*, qui a la propriété de changer le cours de mes idées lorsqu'elles s'acheminent mal. L'effet en fut si prompt, que je terminai sur-le-champ ma promenade à cheval.

XXXVIII

Avant de rentrer dans ma chambre, je jetai
un coup d'œil sur la ville et la campagne sombre
de Turin, que j'allais quitter peut-être pour
toujours, et je leur adressai mes derniers
adieux. Jamais la nuit ne m'avait paru si belle ;
jamais le spectacle que j'avais sous les yeux ne
m'avait intéressé si vivement. Après avoir salué
la montagne et le temple de Supergue, je pris
congé des tours, des clochers, de tous les objets
connus que je n'aurais jamais cru pouvoir regretter avec tant de force, et de l'air et du ciel, et
du fleuve, dont le sourd murmure semblait répondre à mes adieux. Oh ! si je savais peindre
le sentiment, tendre et cruel à la fois, qui rem-
plissait mon cœur, et tous les souvenirs de la

plus belle moitié de ma vie écoulée, qui se pressaient autour de moi, comme des farfadets, pour me retenir à Turin ! Mais, hélas ! les souvenirs du bonheur passé sont les rides de l'âme ! Lorsqu'on est malheureux, il faut les chasser de sa pensée comme des fantômes moqueurs qui viennent insulter à notre situation présente : il vaut mille fois mieux alors s'abandonner aux illusions trompeuses de l'espérance, et surtout il faut faire bonne mine à mauvais jeu et se bien garder de mettre personne dans la confidence de ses malheurs. J'ai remarqué, dans les voyages ordinaires que j'ai faits parmi les hommes, qu'à force d'être malheureux on finit par devenir ridicule. Dans ces moments affreux, rien n'est plus convenable que la nouvelle manière de voyager dont on vient de lire la description. J'en fis alors une expérience décisive : non-seulement je parvins à oublier le passé, mais encore à prendre bravement mon parti sur mes peines présentes. Le temps les emportera, me

18.

dis-je pour me consoler; il prend tout, et n'oublie rien en passant; et soit que nous voulions l'arrêter, soit que nous le poussions, comme on dit, avec l'épaule, nos efforts sont également vains et ne changent rien à son cours invariable. Quoique je m'inquiète en général très-peu de sa rapidité, il est telle circonstance, telle filiation d'idées qui me la rappellent d'une manière frappante. C'est lorsque les hommes se taisent, lorsque le démon du bruit est muet au milieu de son temple, au milieu d'une vie endormie, c'est alors que le temps élève sa voix et se fait entendre à mon âme. Le silence et l'obscurité deviennent ses interprètes, et me dévoilent sa marche mystérieuse; ce n'est plus un être de raison que ne peut saisir ma pensée, mes sens eux-mêmes l'aperçoivent. Je le vois dans le ciel qui chasse devant lui les étoiles vers l'occident. Le voilà qui pousse les fleuves à la mer, et qui roule avec les brouillards le long de la colline... J'écoute : les vents gémissent sous l'effort de ses ailes rapides, et la cloche lointaine frémit à son terrible passage.

« Profitons, profitons de sa course, m'écriai-je. Je veux employer utilement les instants qu'il va m'enlever. » — Voulant tirer parti de cette bonne résolution, à l'instant même je me penchai en avant pour m'élancer courageusement dans la carrière, en faisant avec la langue un certain claquement qui fut destiné de tout temps à pousser les chevaux, mais qu'il est impossible d'écrire selon les règles de l'orthographe :

gh! gh! gh!

et je terminai mon excursion à cheval par une galopade.

XXXIX

Je soulevais mon pied droit pour descendre, lorsque je me sentis frapper assez rudement sur l'épaule. Dire que je ne fus pas effrayé de cet accident serait trahir la vérité ; et c'est ici l'occasion de faire observer au lecteur et de lui prouver, sans trop de vanité, combien il serait difficile à tout autre qu'à moi d'exécuter un semblable voyage. En supposant au nouveau voyageur mille fois plus de moyens et de talents pour l'observation que je n'en puis avoir, pourrait-il se flatter de rencontrer des aventures aussi singulières, aussi nombreuses que celles qui me sont arrivées dans l'espace de quatre heures, et qui tiennent évidemment à ma destinée? Si quelqu'un en doute, qu'il essaye de deviner qui m'avait frappé !

Dans le premier moment de mon trouble, ne réfléchissant pas à la situation dans laquelle je me trouvais, je crus que mon cheval avait rué ou qu'il m'avait cogné contre un arbre. Dieu sait combien d'idées funestes se présentèrent à moi pendant le court espace de temps que je mis à tourner la tête pour regarder dans ma chambre. Je vis alors, comme il arrive souvent dans les choses qui paraissent le plus extraordinaires, que la cause de ma surprise était toute naturelle. La même bouffée de vent qui, dans le commencement de mon voyage, avait ouvert ma fenêtre et fermé ma porte en passant, et dont une partie s'était glissée entre les rideaux de mon lit, rentrait alors dans ma chambre avec fracas. Elle ouvrit brusquement la porte et sortit par la fenêtre, en poussant le vitrage contre mon épaule, ce qui me causa la surprise dont je viens de parler.

On se rappellera que c'était à l'invitation que m'avait apportée ce coup de vent que j'avais quitté mon lit. La secousse que je venais de recevoir était bien évidemment une invitation d'y rentrer, à laquelle je me crus obligé de me rendre.

Il est beau, sans doute, d'être ainsi en relation familière avec la nuit, le ciel et les météores, et de savoir tirer parti de leur influence. Ah! les relations qu'on est forcé d'avoir avec les hommes sont bien plus dangereuses! Combien de fois n'ai-je pas été la dupe de ma confiance en ces messieurs! J'en disais même ici quelque chose dans une note que j'ai supprimée, parce qu'elle s'est trouvée plus longue que le texte entier, ce qui aurait altéré les justes proportions de mon voyage, dont le petit volume est le plus grand mérite.

FIN

TABLE

PARIS — IMPRIMERIE DE E. MARTINET, RUE MIGNON, 2.

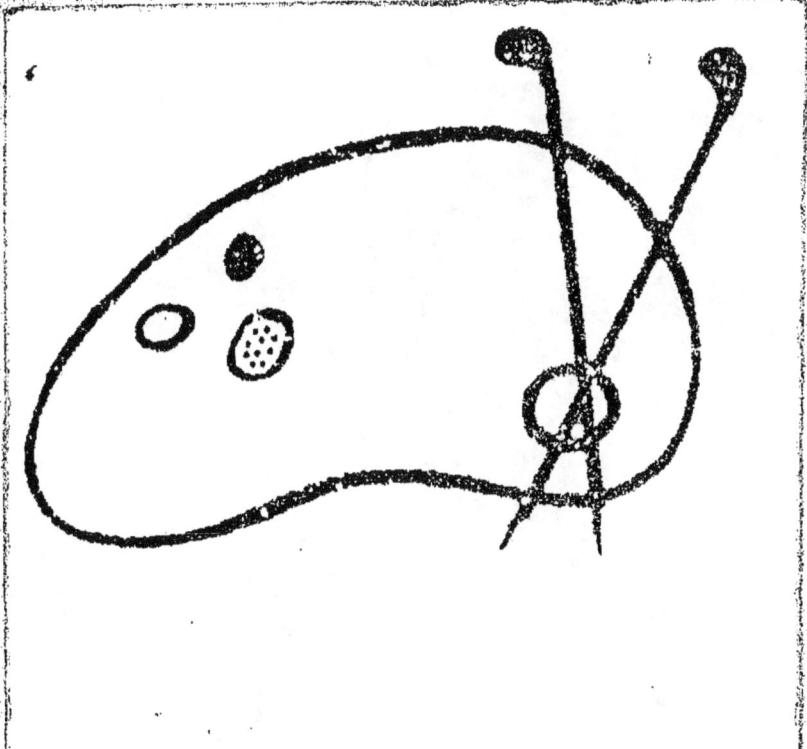

Début d'une série de documents
en couleur

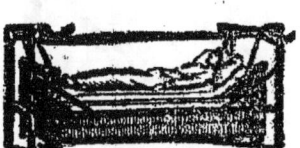

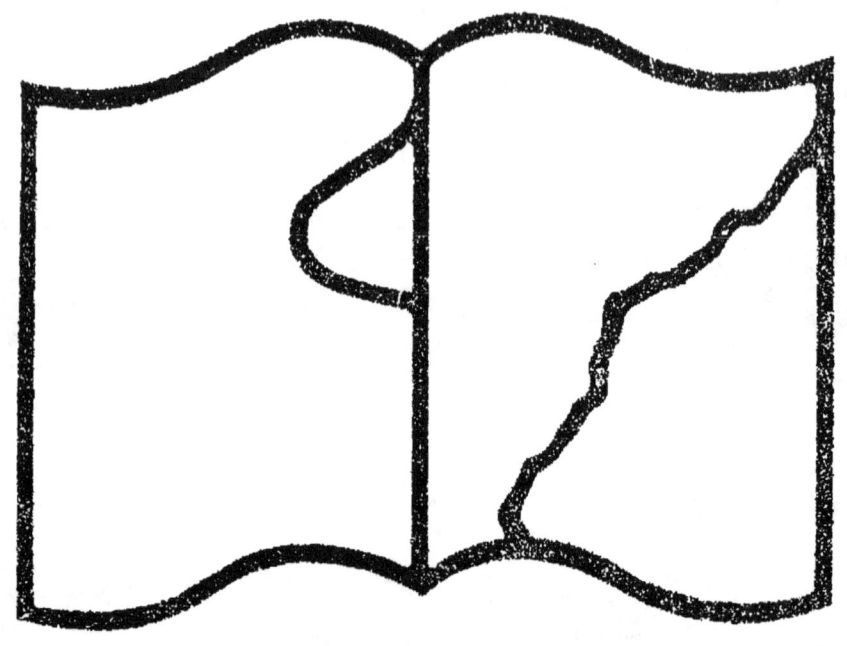

Texte détérioré
Marge(s) coupée(s)

Valable pour tout ou partie
du document reproduit

SOCIÉTÉ POUR L'EXPLOITATION
DES
PRODUITS A L'EAU DE MER
PURIFIÉE ET CONSERVÉE
Par les procédés du Dr LISLE
BREVETÉS S. G. D. G.

SIÈGE SOCIAL
37, rue Vivienne, 37

DEUX MÉDAILLES D'ARGENT
A L'EXPOSITION INTERNATIONALE DE 1875

PRODUITS ALIMENTAIRES

**PAINS DE TOUTES FORMES — GALETTES SALÉES — CROISSANTS — BISCUITS AU MAÏS
ANISETTE — CRÈME DE MENTHE — CURAÇAO
PASTILLES A L'EAU DE MER**

PRODUITS PHARMACEUTIQUES

SIROP THALASSIQUE — ÉLIXIR THALASSIQUE

Tous les produits indiqués ci-dessus ont une saveur excellente

DÉPOT GÉNÉRAL DES PRODUITS PHARMACEUTIQUES

Pharmacie A. CABANÈS
23, RUE TAITBOUT, 23

ET DANS TOUTES LES BONNES PHARMACIES

Le **Pain à l'eau de mer** réunit toutes les propriétés d'un excellent aliment. Il est plus savoureux que le pain ordinaire; il réveille l'appétit, facilite la digestion et active fortement toutes les fonctions de nutrition.

A tous ces titres il doit remplacer, un jour, le pain ordinaire dans l'alimentation de tout le monde.

Mais il est de plus un préservatif contre l'invasion de beaucoup de maladies, chez les enfants surtout, dont il transforme et fortifie la constitution; car il est l'agent le plus sûr de la reconstitution du sang lorsque ce liquide est appauvri.

Enfin il est encore l'un des adjuvants les plus utiles dans le traitement de ces même maladies lorsqu'on a le malheur d'en être atteint, et, *dans beaucoup de cas que les médecins seuls doivent apprécier*, il pourra remplacer avantageusement tout autre traitement.

Ce qui précède est également vrai de tous les autres produits alimentaires qui peuvent être remplacés les uns par les autres, selon le goût de chacun.

N. B. — Pour plus amples renseignements lire le volume publié par le docteur Lisle, sous le titre: **Du pain à l'eau de mer et de son utilité hygiénique.** — Paris, 1876; prix : **3 francs**, chez M. Michel LEVY Frères, rue Auber, 3, et M. G. MASSON, place de

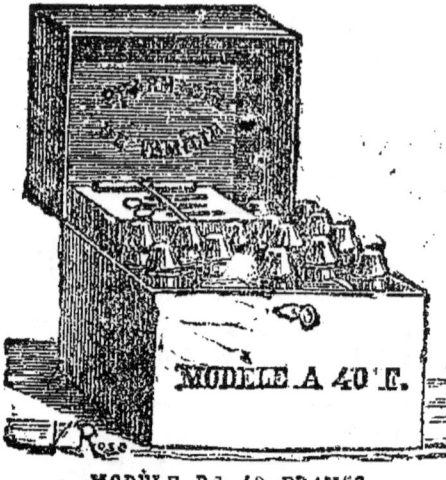

5

CALMANN LÉVY, ÉDITEUR, 3, rue Auber

ET A LA LIBRAIRIE NOUVELLE, 15, BOULEVARD DES ITALIENS

M. LE COMTE DE PARIS

HISTOIRE

DE

LA GUERRE CIVILE

EN AMÉRIQUE

TOMES I A IV

Quatre beaux et forts volumes in-8°, imprimés par J. CLAYE. — Prix 30 francs.

ATLAS

Pour servir à l'*Histoire de la guerre civile en Amérique*

LIVRAISONS I A IV, CONTENANT DIX-NEUF CARTES. — PRIX : 30 FR.

M. GUIZOT

MÉMOIRES

POUR SERVIR

A L'HISTOIRE DE MON TEMPS

(Ouvrage auquel a été décerné par l'Institut le grand prix biennal de 1871

DEUXIÈME ÉDITION

Huit beaux et forts volumes in-8°. — Prix : 60 fr.

HISTOIRE PARLEMENTAIRE

DE FRANCÉ

Formant le complément des *Mémoires pour servir à l'histoire de mon temps*

CINQ BEAUX ET FORTS VOLUMES IN-8°

L'UNIVERS ILLUSTRÉ

Le plus grand des Journaux illustrés

ON S'ABONNE

CHEZ CALMANN LÉVY, ÉDITEUR	A LA LIBRAIRIE NOUVELLE
RUE AUBER, 3	BOULEVARD DES ITALIENS, 15

Et chez tous les Libraires de la France et de l'Étranger

PRIX DE L'ABONNEMENT

Un an (avec prime gratuite, | Six mois. . . . 11 fr. 50
pris au bureau). 22 fr. | Trois mois. . . 6 fr. »

LE NUMERO : 40 CENTIMES

Un numéro du journal, contenant le détail des nouvelles **primes** *offertes* **gratuitement** *aux abonnés, sera envoyé* **franco** *à toute personne qui en fera la demande par lettre affranchie.*

AVIS AUX LECTEURS
des BONS ROMANS

Nous sommes heureux de pouvoir annoncer aux nombreux lecteurs des **Bons Romans** que, suivant le désir qui en a été généralement exprimé, l'Administration vient de prendre toutes les mesures nécessaires pour rendre à cette publication son ancienne périodicité bi-hebdomadaire. A partir du **1er Avril 1877**, les **Bons Romans** paraîtront deux fois par semaine, les Lundis et Vendredis, comme antérieurement au mois de Septembre 1870.

Par suite de ce changement, les nouveaux prix d'abonnement sont ainsi fixés :

Un an. . . . . 8 fr. | Six mois. . . . 4 fr.

Le Numéro 5 centimes

Administration des BONS ROMANS
Rue Auber, 3, Paris

EAU

DE

MÉLISSE DES CARMES
BOYER

Seul successeur des Carmes

PAR SUITE DE L'EXPROPRIATION DU

14, RUE TARANNE, 14

ACTUELLEMENT

PARIS, 14, RUE DE L'ABBAYE, 14, PARIS

CONTRE

Apoplexie, paralysie, mal de mer, choléra
vapeurs, évanouissements
indigestions, dysenteries, etc.

AVIS

AFIN d'éviter toutes les contrefaçons et les imitations frauduleuses de nos marques, que la réputation séculaire de l'*Eau des Carmes* a créées,

EXIGER chez tous les pharmaciens et autres commerçants la fiole de l'*Eau des Carmes* revêtue de l'étiquette **BLANCHE** et **NOIRE** placée sur nos bouteilles de tout format.

S'ASSURER de la signature **BOYER**, de l'adresse **14, rue TARANNE**, et de la nouvelle adresse :

14, RUE DE L'ABBAYE, 14

Paris. — Imp. Dumoutet, 3, rue Auber

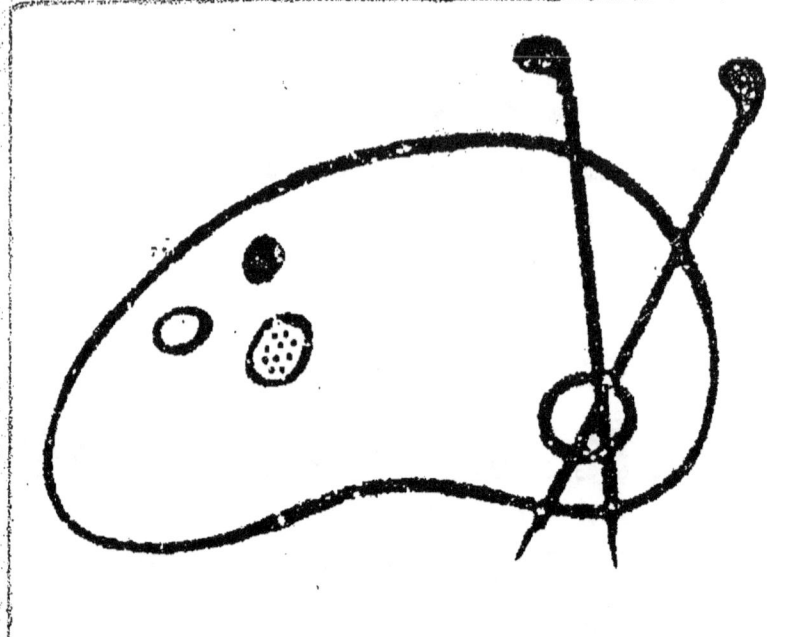

Fin d'une série de documents
en couleur